米尔贝格

布鲁日

奥斯坦德

根特

梅翃

布鲁塞尔

"红

乌尔苏拉的航行

里米尼

罗马

佛兰德镜子

dome 著

四川文艺出版社

目 录

佛兰德镜子

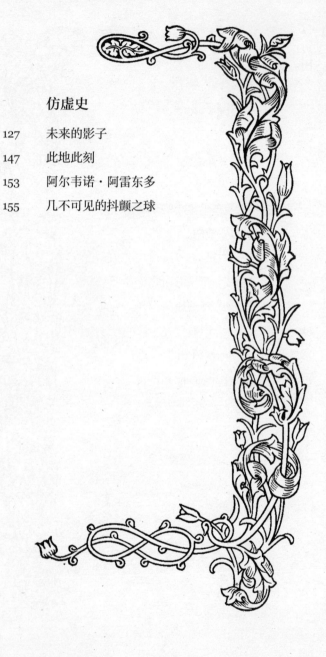

仿虚史

佛兰德镜子

序幕

在神秘的境界里，眼睛挨着眼睛，镜子对着镜子，形象贴着形象……

——扬·凡·吕斯布鲁克《永福之镜》

请允许我给你讲故事。在头被砍下，肢体四散之前，没有什么比故事更重要了；人们不会杀死没讲完故事的人。我看到夜的正中央是一棵发光的椴树，每片叶子比一千把火炬还要刺眼。树下的人胸中有千面形象，每张脸上有无数眼睛。在这个人人谈论虚无和荒漠的城市里，一颗实实在在的心应该放在哪里呢？罗马即将覆灭，高耸的城墙和水渠必将倾颓，狐狸在石缝间筑巢；而你，你所关心的仅仅是不知何时，不知从何方到来的回信；你可知道不会再有道路，不会再有信使，大道上散落着恺撒头像的银币，也不会再有人捡起它。你为什么要向我讲故事？你为什么要来佛兰德呢？你们什么都有，西班牙是果实芳香、阳光炽热的地方，就连黑夜里也火光熊熊。上帝保佑西班牙。也许你应该问那位夫人为何坠马，为何早早死去，她英俊的儿子为何娶了你们的公主；地上有那么多的国家，那么多的公主，或迟或早，我们所有人都会血脉相连。她是来佛兰德才发疯的吗，或者，她把疯病带来了佛兰德呢？就像一把燃烧的剑投进幽暗的湖水，沉呀，沉呀，沉到深渊里……

I 开往奥斯坦德

蒸汽车头喷着白烟，停靠在夜色中。他匆忙掐灭烟，喝下最后一口咖啡。手指微微颤抖，杯盘发出小小的碰撞声。他提起手提箱，把那个牛皮纸包裹的框子挟在腋下。挂钟指向晚间十点半。"最后一班夜车。"他默念道。冷冷清清的站台上，身穿制服的只有列车员而已。

他小心地从口袋里掏出票，和眼前的列车比对着。借着候车室的亮光，只能勉强看清车身的标牌："奥斯坦德[1]"。

他上了车，一个车厢一个车厢地走，假装无意识地打量每个包厢。快别再这么做，他的理性呐喊道，犹犹豫豫，拖拖拉拉，你会惹人注意的。就在这时，他下定了决心，拉开了某个包厢拉门。

一个偶然降临的社交场合，一对临时结成的旅伴之间，只需眼神交流便够了——

"您好。"

"您好，请问这个座位有人坐吗？"

"没有，您请便。"

"谢谢。"

他把手提箱塞到行李架上，然后双手持着牛皮纸包裹的框子，无所适从，看上去在为如何安置这件行李而发愁。

---

1 奥斯坦德：比利时的西北部城市，位于今西佛兰德省。

手提箱已经足够厚实，几乎占据了座位上方的整个空间。不能让车厢天花板和皮箱盖子合力蹂躏手里的东西，像对待一件旧大衣那样，尽管我们还不知道那是什么。他显然也舍不得干脆把它立在地板上，靠着门边。他的样子也许已经足够狼狈，以至于对面座位的乘客开口了："您不介意的话，可以放在我这边。我没有行李。"

可不是吗，对面的行李架空空如也。这位行李轻简的乘客仅在身侧放了个公文包。

"谢谢，您真是太好了。"他感激地说，放东西时尽量轻手轻脚、谨小慎微，在胳膊越过旅伴头顶时，他向陌生人一直在读的杂志瞥了一眼，看到了类似"古代历史与文献学档案"的字眼。横梁稳稳地卡住了边角，于是无论是颠簸还是紧急刹车，都不能让刚刚离开他双手的东西跌落在地。这时，汽笛拉响了。列车缓缓开动，站台上的灯光摇曳起来向后退去，映出打在窗玻璃上的水滴。啊，下雨了，耳边响起火车那特有的节奏，"铿锵铿锵，铿锵铿锵"，在夜色中，在车窗凝结的白雾间，白底黑字的站名一闪而逝："韦尔特里吉克""韦尔基克""凡尔代克"——一个他读不出来的佛拉芒语站名（Vertrijk）。不过，现在这都不重要了。

对面座位的乘客看样子跟他年纪差不多。现在，此人放下了他的名字很长的期刊，似乎也注视起窗外的雨幕。现在是个微妙的时刻。是陌生人有了一丝交集，甚至彼此生出微不可察的好奇，而又斟酌着第一句问话的时刻。没人知道，某句话将引致对方哪一句话，哪些话将引致兴趣与亲切，哪些话又将陷彼此于尴尬的沉默，这些被选择说出的话，又是否真的能反映说话人的意图与形象。对面的乘客先开了口，既然刚才也是他颇富热心地提供帮助：

"您出远门？"（当然，他头顶就横着一个大行李箱，这么想是很自然的。）

"是呀，到奥斯坦德。"

"我也在奥斯坦德下车。"

"真巧。"

"是呀，真巧。"

"那么，我就能安心地霸占您的行李架一直到终点了。"

"您别这么说。"

"您从哪儿上的车？"

"列日[1]。"

"那您的旅程更远呀。"

"习惯了，我住在奥斯坦德，时不时去一趟列日。"

"您是一位历史学家吗？"

"为什么您认为我是一个历史学家呢？"

"因为您手里这本书，看起来十分深奥。"

"不算专业历史学家，我定期去列日一带的档案馆查阅资料，写写报告，不过，今后大概要中断一阵子了。"对面的乘客说道。

一时间，两人都沉默了，好像陷入某种心照不宣的不安，并且分享起这种忧郁。有时候，沉默反而会拉近人们的距离，假如相信自己的沉默与对方的沉默意味相同的话。我也是，我希望能在奥斯坦德呼吸到咸的、湿冷的海风，希望它把我带到别的什么地方，假装这个港口还没有被封锁，还没有把大海和我们这个饱受蹂躏的大陆隔绝

---

1 列日：比利时东部城市。

起来。这句话，我们不知道他有没有说出口，或者有没有让对面的乘客听到。我们只听见他说："我能冒昧问您一个问题吗？"

"什么问题？"

"您在研究什么呢，如果您不介意的话。"

"当然不介意，只是很枯燥也很琐碎，恐怕会让您失望的。我阅读历史档案，年鉴，考古报告，信件汇编，确定古代列日周边的历史活动，诸如此类。"

"这很有趣，我不会失望的。"

"那么您呢？"

"我什么？"

"您是一位画家吗？"

"为什么您认为我是一个画家呢？"

"因为您看起来好像十分小心保护着您的东西，就尺寸来说，让人觉得那是一幅画。"

"不错，那是一幅画，不过不是我画的。"

"那么是您收藏的。"

"对，可以这么说。"

车门拉开了，所有人都表现出平静与礼貌的样子。"晚上好先生们，请出示车票。"这只是一位身穿制服、斜背皮挎包的查票员，虽然现在突然看到什么制服会让人不由得神经紧绷。查票员尽忠职守地看了他的车票，"谢谢，晚安先生们。""喀嚓"一声，归还的车票上多出了紫色的数字标记："1940 年 8 月 31 日"。

然而午夜即将来临，它将成为又一个消逝的数字。时制与历法只是海滩上的脚印，就算他们到达奥斯坦德时将是 1940 年 9 月 1 日，又或者有人永远与这个数字无缘，深不可测的时间也对此一无所知。然而人们却饱受时间的戏弄，感受它拉长自己的焦灼，在狭小的空间坐立不安，不停地问：现在到哪儿了？这趟车过去只需要 3 小时，顶多 4 小时就够了，现在却要 8 小时以上，这过的是什么日子呀！然后就会有人反驳说，车开得时间长了点，就嘟嘟囔囔、满腹怨言了？您去街上看看那些倒塌的焦黑的房子，它们还没来得及重建，有的再也得不到重建；看看那挤得满满当当的电车；看看肉铺和面包店门前那可怕的长队，还不算上黑市上的漫天要价；看看女孩们补缀的衣服和鞋子；看看我们中间少了多少人，这才叫什么日子！尽管，说句公道话，我们还算不上最值得同情的。这位列日—奥斯坦德的乘客先生，您刚离开列日，您来说说，从 5 月开始，各种小道消息像宣传单一样满街乱飞，驱使着列日大学的青年男女，驾驶着汽车，赶着火车，骑着自行车，跑到布鲁塞尔，跑到图尔奈，跑到里尔——现在我们进入法国了，不过没关系，可以说法语，再说很快就会轮到法国了——跑到蒙彼利埃，跑到图卢兹，或是享受起普罗旺斯的夏日，有人干脆跑进了意大利，不过很快就兜了回来，接着发现没处可去了，没有必要再去寻觅未被占领的地方。他们人生中最长最奇特的暑假结束了。当然，这些反驳只是一种假设，列日—奥斯坦德的乘客未必说得出，因为对我们来说，他所经历的时刻尚且晦暗不明，对他自己或许也是一样。我们只知道他的困惑在某个正午时分到达顶点，在满是碎砖和瓦砾的图书室里，他在残破的书本和纸页间艰难地抽动双脚，就像是在沼泽里跋涉。他望向头顶，仿佛平生第一次看见那无边无际的湛蓝天空。他突然大声说:"不要建造高墙,不要追随必朽之城。"声音清澈而不带感情,仿佛谁在借助他之口说话。

此时此地,携带画的旅伴开口了,慢慢地、笨拙地说:"如果您不介意,我愿意给您讲讲这幅画的来龙去脉,既然我们都要挨过这个晚上,而又没有别的消遣。"

"听上去很有趣,我很愿意。"对面的乘客说,"不过您为何突然改成了说佛拉芒语,您像刚才那样说法语不好吗?"

"的确,我的佛拉芒语只够和查票员寒暄的,现在我就要改回法语,您别笑话我。我刚才蹩脚的佛拉芒语是为了向画家致敬,他和您一样都讲这门语言(如果我没看错),虽然他现在永远地沉默了,就像他画里的人,没人需要知道他曾经操什么语言,没人再需要他张嘴说话。他叫雨果·凡·德·古斯,您肯定在博物馆里见过他的画。我们不一定非得把这些佛兰德[1]画家区分开来,那些面目相似的苍白脸,那些深黑的杏仁形眼睛,那些合拢的细瘦的手指,怎么能分出谁是谁呢?梅姆林的天使可以降落在罗吉尔的圣母的卧房,扬·普罗沃斯特的凸面镜里或许映出了扬·凡·艾克的某位商人之妻的脸,而勃鲁盖尔与博斯分享着同一个幽暗梦境中的鬼魂。"

"在另一个场合,我或许会细细琢磨起您这番话,还有我念书时四处游历的细碎回忆。"对面的乘客压低了声音,"但您的意思是,您带上火车的,是一幅 15 世纪的油画。"

"是的,显而易见,您是个有教养的人,不懵懂无知,

---

1 佛兰德(Vlaanderen):比利时西部的一个地区,人口主要是佛拉芒人,说佛拉芒语。传统意义的"佛兰德"亦包括法国北部和荷兰南部的一部分。

也没大声嚷嚷。要知道，我们在战争中，而且被占领着。上帝保佑比利时。所有熟悉的东西，现在都难以捉摸，我们不知道对面的人是敌是友，是否下一刻仍是朋友。谁也不知道在这样的时候，携带一件古董艺术品穿越整个国家意味着什么，也许我是一个贼，从某幢满地狼藉的豪宅里偷了它，现在正在销赃的路上。不，我向您保证没有人因为这幅画受到伤害，即便有，这伤害也已差不多和这画本身一样古老。"

"您的话我听不懂。"

"我解释一下。这是个不幸的画家，一生画了许多苦恼的人、忧郁的人、痴傻的人、疯疯癫癫的人，最后自己也因为忧郁症隐退到修道院里，但没有停止画画。我要说的是有关他生命最后时光里画的画。据修院的记载，那是一组祭坛画，但早已下落不明，内容也扑朔迷离。纯属偶然，我在布鲁塞尔古董集市偶然弄到了手里这幅画，孤零零一幅，画板肮脏，画框朽烂，状态非常糟糕。在请人修复时，我在画框的夹板里发现了几页写着字的纸，凭上面的内容，我可以大致判断，这就是雨果散佚的祭坛画的其中一幅。"

"纸上面写了什么？"对面的乘客探过身来，好奇地问。

"我难以描述读这几张纸的感受。简单地说，它叙述了这幅画诞生的一些逸事，说不清出自何人之手。它唤起了我的好奇心，在很长一段时间里，我忍不住去调查、揣测和想象所有发生的故事。我对自己说，这也许是一幅注定漂泊在路上的画。您看，画安静地躺在我们头顶，但它在飞驰，茫茫黑夜也阻止不了它；某些尘埃几不可见地沾在画上，它们来自布鲁塞尔的某条小径，将要和奥斯坦德的尘埃会合。在万物离散归一的运动中，这只是其中一次。也许最出色的数学家也无法给出答案：为何会合发生在此时此处，而不是彼时彼处。"

"就像我们。"

"是的，就像我们。基于这个相似之处，这个故事才值得一讲。"

Ⅱ 乞援人

　　我不知道故事应当怎样开头。或许不从画家的时代说起，而是从他死后一百年说起。现在的时间是 16 世纪后半叶，我们星球的一个奇异的新模样正初现端倪。或者说，它在人们心中的样子正在瓦解。如果要我打个比方，它曾像佛兰德古画里上帝握在手中的玻璃球，沉静剔透，包含了世间万物。这个完美密闭的玻璃球正在分崩离析，身处其间的人们却并不能即刻察觉。航船驶向未知之地，人们知道了海那边有坚实的大陆，上面生活着的虽不是古书里描绘的怪物，但要说他们是和自己一样的人，人们也会大惊失色。现在再来看看我们自己的旧大陆，何等眼花缭乱的景象，在地下发掘出了古代的大理石像，甚至是一整座城，在旧书堆里发掘出了沉睡已久的语言和诗篇，在人人熟悉又陌生的《新约》里发现了新信仰，在夜空里发现了星辰的新规律，在身体里探查出了血液的流向；但人们不会因此更加睿智，也不会因此流血流得更少些。此时离比利时诞生为时尚早，低地国家[1]正在西班牙手中。也许只需说，我们脚下的土地与其上的人们一直羁绊甚少。我们的

---

1 低地国家：是对欧洲西北沿海地区的荷兰、比利时、卢森堡三国的统称。由于位于莱茵河、斯海尔德河、默兹河的河口，濒临北海和英吉利海峡，比利时、荷兰、卢森堡和法国北部被称为"尼德兰（Nederland）"，即"低地"。

佛兰德就像一片孤零零的叶子，早已忘记了主宰自己的滋味；或者相反，它对自己的主人并不在意，只是悬挂在那里，任由自己在空气中飘荡。它的主人姓甚名谁，并不能改变这条或那条河道的流向，也不能阻止这头或那头牛犊被割开喉咙。

现在看看谁来了，我们不知道他是什么人，他用厚重的毡袍抵御严寒，艰难的步伐与其说是被风雪所阻，不如说是被什么畏惧或痛苦所阻。天太冷了，需要烧柴火，可是森林属于老爷们，属于尊贵的国王，野兔在被撕裂前尚且可以享用神圣的森林，人却不行。可从远远近近烟囱里升起的这些白烟来自哪里呢，这气味是最优质的椴木，还带着彩漆和焚香的味道。烧红的炉膛里迸起的残烬，曾经是圣安东尼的头颅，是圣卡特琳浓密的长发，是三王来朝的画板。英勇的圣像破坏者[1]们洗劫了佛兰德的教堂，我们尽管让议事司铎们去痛哭流涕，让英雄们先欢呼后躲藏，这是他们应得的。这些抛在街角的木头终于被当成了木头，缺粮少柴的居民们不偏不倚地对待了它们。现在，不是我们为圣母玛利亚披上金衣服，而是圣母玛利亚为我们噼啪燃烧。现在圣像没有了，但它们终究带来了实实在在的温暖。今天晚上怎么这样暖和呀！瞎眼的老祖母会这样说，然后安详睡去。整个城市的天空都弥漫着焚烧圣像的味道，圣徒们交融在一起，从未如此亲密无间地充盈了我们的肺腑，通过血液与我们同在。这是真正的诸圣相通，向轻烟祈祷吧。

这是沿着大桥走过去的赶路人心里的想法，我们姑

---

1 低地国家破坏圣像运动：1566 年 8 月 11 日尼德兰手工业者、平民和农民发动反对天主教会和西班牙殖民统治的运动。

且认为他是这样想的，对于当时的缕缕轻烟如何飘向阴沉的天空，他看得比我们更清楚。现在钟声敲响了，没有人会拒绝钟声的。圣巴夫，赶路人望向钟塔，头一次在所有的名字中呼唤其中一个——圣巴夫，愿钟声保佑你和你的钟塔，愿钟声保佑你和你的教堂，愿钟声保佑你和你的根特[1]。人们把这一小块土地上矗立着的一切交在你手中，垒起的石块，柱子和柱廊，拱券和长窗，祭坛和烛台，你不愿意要它们，你厌倦了保护它们。你没有发现你的大教堂里少了什么吗？谁知道紧锁的钟塔上面有什么：亚当和夏娃都沉默着，圣人和义人们都沉默着，天使们蹙着眉头，张着口，也不发一言；或许他们从没停止过歌唱，只是我们听不到这歌声。神秘的羔羊沉默着，就像被巨鲸吞噬的约拿的沉默。钟塔纵横交错的木梁就像鲸鱼的骨架，他们都待在它的肚子里，听着钟声作响，就像鲸的心跳。原谅我们这些凡人的虚妄，我们太自私了，不愿意让扬和于伯特兄弟的祭坛画变成劈柴。谁又知道佛兰德有多少钟塔，多少地窖，藏着多少只神秘的羔羊，愿它们像世上所有的羔羊一样沉默。

骑在马上的军官也听见了无所不在的钟声，闻到了无所不在的轻烟。他用裹着黑皮手套的手在胸前画了个十字。这是个西班牙人，称呼他得用"堂"打头，就像报幕人的开场词，就像一声洪亮的号角。我们随便叫他"堂·佩德罗"，"堂·罗德里戈"，"堂·伊西多罗"，或许叫"堂·迪亚戈"更好，这是西班牙人对雅各的叫法，是对银河的叫

1 根特：比利时西北部港口城市，是今东佛兰德省省会。

法，是对大路的叫法。人们就是循着这些大路，从欧洲每个角落来到西班牙朝拜圣雅各，传说耶稣派他给西班牙带去福音。雅各就是道路的别称，是地上的道路和天上的道路，从今往后还包括海上的道路。堂·迪亚戈戴着尖拱型的头盔，闪闪发亮，就像迎风破浪的船头。佛兰德人见到这样的装扮，无不咬牙切齿，心惊胆战。

堂·迪亚戈跟随臭名昭著的阿尔瓦公爵的军队，是其私生子费尔南多的得力将领。他的家族有悠久的军旅传统，从摩尔人[1]手中拿下格拉纳达时，他祖父就在天主教女王的军队里当步兵上尉。他从小就听着祖父一遍遍讲着山上摩尔人宫殿的奇景，说当他们迈入荒废的庭院时，只有燕子统治着那片蜂巢似的迷宫。谁相信这半盲的老头也曾喝过异教徒的泉水，也曾爬得和燕子一样高，现在他连家门口的鸡仔也逮不住一只。堂·迪亚戈年轻气盛时，曾跟几个相熟的船商之子参加远征新大陆的舰队，盘算着给自己冠上征服者堂·迪亚戈的名号。他们的大船抵达新西班牙岛时，他一度相信，围绕自己的海鸟比整个格拉纳达上空的燕子加起来还要多。1541 年，他卷入两位征服者皮泽洛和阿尔马格罗的争斗，前者被后者的帮派乱刀刺死，堂·迪亚戈则伤及大腿，高烧不退，差点儿死在新托莱多[2]。大病初愈时，不知是由于厌倦了赤裸裸的争地，还是由于家里殷殷恳求的急信，他再度横跨大海，回到了旧托莱多[3]。此

---

1 摩尔人：中世纪时期居住在伊比利亚半岛（今西班牙和葡萄牙）、西西里岛、马耳他、马格里布和西非的穆斯林。
2 新托莱多：是西班牙帝国征服印加帝国后，在 1529 年建立的一个隶属于西班牙帝国的总督辖区。
3 托莱多：西班牙古城，著名宗教中心。

后几年，他蛰居不出，整日翻腾旧文书，甚至试图写回忆录。坊间传闻他与摩尔商人交往甚密，都笑话他在新大陆待久了，只愿与野蛮人和异教徒为伍。1547年，堂·迪亚戈返回战场，在米尔贝格战役里表现勇猛，得到了阿尔瓦公爵的青睐。他大部分的军旅生涯在地中海的战船上度过，沿着柏柏尔海岸线与海盗交手，一次次试图争夺丹吉尔[1]和阿尔及尔[2]。前往佛兰德镇压叛乱，或许并非堂·迪亚戈的本愿。说起佛兰德，他只在威尼斯的一间小教堂里见过那里来的圣像画，在习以为常的海风的炎热中，他头一次感到难以言喻的冷意。现在，这种冷意终于蔓延到了空气里，如影随形地跟着他。

堂·迪亚戈心里咒骂着三天前莫名送到他手上的密信，以及信中约定和他在运河边接头的人。他自然而然觉得北方人粗俗狂热不可理喻。他厌恶顽抗的贵族和圣像破坏者，却也打心眼里蔑视告密者；前者至少有胆魄，后者的奴颜婢膝则令人反胃。接头人终于在桥那边出现了，茫茫雪地里走来一道黑漆漆的影子。堂·迪亚戈望向层层叠叠的白雪覆盖的屋顶，觉得那种寒意更深了。

我们不知道来人怎样开的口，无论如何，这需要莫大的勇气，他赶了很长的路，终于站在了西班牙征服者脚下。因为冷，他和对方的牙齿都在咯咯打颤。

"上帝保佑阁下"——我们不知道他这句话是怎样挣扎着说出来的，虽然他想说的很可能是：上帝不保佑阁下，

---

1 丹吉尔：摩洛哥北部港口，位于直布罗陀海峡，连接地中海和大西洋，战略地位十分重要。
2 阿尔及尔：非洲西北部城市，北临地中海。

因为你杀了太多无辜的人，哪个上帝会站在你那边呢？此情此景他却只能这样说——

"上帝保佑阁下，我是梅赫伦[1]修道院的议事司铎和圣库掌管人。请跟我来，我需要您的帮助。"

如果在别处，堂·迪亚戈一定会哈哈大笑，再把这个疯话连篇的骗子扔下河。

"半个月前，我在议政大厅里看见您了，"此人接着说，"您的位子在壁毯对面，除了您没人在意那图案，上面织的是一百年前攻陷丹吉尔港。"

这回，堂·迪亚戈认真地打量了来人，尽管后者遍身落雪，看得并不真切，他也不可能记得当时每个显贵和高级教士的脸。

"那壁毯并不高明，"西班牙人说，"与真正的丹吉尔相去甚远，我看了半天，好奇城门下聚集的是浪涛，还是士兵的脑袋。"

"织工大概和我一样，都是从未跨出过佛兰德的可怜人。如果可能，我希望亲眼看看阁下见过的丹吉尔。"

"您要带我去哪儿？"

"梅赫伦的修道院。"

"别告诉我您是走路来根特的。"

"我是走路来的。"

堂·迪亚戈瞥了眼这疯疯癫癫自称教士的人的一双破靴子，叹了口气说："我们不是去朝圣的。"他把梅赫伦人拉上马背，策马朝城外奔去。

---

1 梅赫伦：比利时城市，位于布鲁塞尔东北约 22 公里。充满丰富而具艺术性的教堂文化。

堂·迪亚戈当然不必自报姓名，但在某个时刻，他一定会问对方：您叫什么。他并非不清楚，让一个佛兰德人靠在自己背后有多么危险。他也不是没挨过从暗处刺来的匕首，但至少想要知晓刺客的名字。我们不知道同乘者是怎么回答的，我们就叫他"扬"好了；既然他的许多同胞都叫这个名字，甚至干脆叫他"扬·凡·梅赫伦"——梅赫伦的扬。我们相信他的修道院也叫"圣·扬"，既然佛兰德有许多修道院都叫这个名字。梅赫伦的扬用法语给堂·迪亚戈指路，夹着他自以为的西班牙语，发现对方听不懂时就拽他的斗篷。人与人之间就算语言相通也常常充满误解，何况不完全听得懂呢。

　　到达梅赫伦城郊的圣·扬修道院时已是深夜。马已精疲力竭，梅赫伦的扬熟练地把它牵到马厩，给水槽倒满水，喂它新鲜的干草。堂·迪亚戈怜惜地拍拍马脖子。这可怜的动物可以歇下了，它怎能料到要驮着两个男人穿越蜿蜒的河道和片片荒凉的树林。人却还有重重心事，但总归进到了温暖的屋子，可以坐下来烤烤火，接过主人递过来的掺了香料的热红酒，就算里面下了毒也没什么大不了。伙房一定近在咫尺，没过多久，堂·迪亚戈眼前的长桌上就摆满切开的干酪、熏肠、烤饼和酒壶。我说不定是在做梦，他心想，魔王把我引到他的洞窟里，我今夜纵然可以忘情畅饮，转天却会在坟堆上醒来，手里攥着死人骨头；不过魔王怎么也会进食？而且看样子他也饿坏了。看到佛兰德人吃喝起来，西班牙人才放了心，把手伸向盘子，知道自己仍身处在真实的世界里。人有心事毕竟无法尽情饱腹，宴席没有持续多久，最后只剩酒杯反复斟满。现在，

堂·迪亚戈相信扬是这儿的主人了。只有主人能游刃有余
地调遣一切。

"您说您是这儿的圣库保管人?"堂·迪亚戈问。

"是的。"扬回答。

"你们难道没有院长吗?"

"有,但没人见过他,名义上的院长是某位爵爷,对他
来说,小小的圣·扬不过是封地下一个微不足道的名字。"

扬点亮了马灯,请堂·迪亚戈跟着他走,他们穿过长
长的充满灰尘气味的回廊,墙上地上嵌满了几乎磨平的墓
碑和石板。

"这修道院难道就你一人吗?"堂·迪亚戈疑惑地问。

"差不多了,"扬说,"现在早已不是黄金时代,我们身
处一个大宅子里,不知道黑暗深处还有多少房间,堆着多
少不知名的遗物,只有蜘蛛和蠹虫能够丈量它们。"

我们的佛兰德人把西班牙人带到了怎样的一间屋子里
呀,小小的灯火只能照亮微不足道的一角,堂·迪亚戈微
醺的双眼勉强看清了横七竖八的画板,堆叠的祈祷书,结
满蛛网的环形吊灯,影影绰绰的轮廓和一双双呆滞的眼睛
让他吓了一跳,而后意识到那不过是积灰的雕像。

"您请看。"扬的话充满了回声。堂·迪亚戈看到他
手里的火光映亮了某种光滑润泽的质地。啊,那是漆成深
红的木框,还有镶嵌其中的、在木板上闪烁的幽暗色彩。
堂·迪亚戈向声音靠过去,他的眼睛看到了另一只幽深的
眼睛,嵌在苍白的眼睑下,难以分辨眼底的光泽是画上去
的,还是真实之火的投影。他或许没有看到画的全貌,四
周太过昏暗而画太过庞大。这是一幅郑重其事组装起来的

祭坛画。他们在圣·扬修道院废弃的小礼拜堂里，被积灰、潮气和木头的气味所环绕，被遗忘的圣物和圣像所环绕。两人都在巨大的祭坛画面前感到了寒冷，仿佛看到来自另一个世界的幽光一现，也许那既是诅咒又是祝福。寂静的黑暗中，他们都听见了某种轻轻的呼吸，那是堂·迪亚戈的吗，还是扬的呢？又或者是画画的人过于专注凝神，以致于他肉体消逝后，这微小的气息就留在了画上。人们都说呼吸的风赐予生命。现在我们都已知道了，这是西班牙人堂·迪亚戈、佛兰德人梅赫伦的扬、佛兰德画家雨果的命数首次汇合在一点，其中两人在这边的世界，一人在那边的世界，但这又有什么大碍呢？

作为西班牙人，自己民族的圣徒们曾如何神魂超拔，军人堂·迪亚戈对此知之甚少；但在那个时刻，他凭着血气就知道，他撞见了必须为之战栗的东西，只是不知道它来自天国还是来自地狱。

"您喜欢这画吗？"他又听见了扬充满回声的话。

"喜欢或是不喜欢，这我说不上来，这画不是一般的画，这些字眼不适合它。"

"说得好，我喜欢您的回答，我找您没有找错。"

要当心深夜里递来的酒，当心借着这些酒进行的谈话。他们重新回到客厅坐下，眼看着扬倒满两个杯子时，堂·迪亚戈对自己说，这是个与黑夜为伍的人，他不让人看到他的真实面貌，并且设下圈套引人上钩。他觉得他们处在一片晦暗莫测的空气里，炉火只能照亮一小块毛糙的灰墙，桌上的残羹冷炙闪着油腻的光，他手里的杯盏反射着自己模糊不清的倒影。此时火烧得很旺，不必担心这是燃烧圣母像得来的温暖，这里的劈柴还很充足，我们的圣库保管人有一屋子的木头，足以组成一座小林子，这我们已经知道了。

"对于这里发生的一切您怎么想？"扬终于开口了。

"您和我刚刚从一个疯狂的城市回来，这城市只是佛兰德所有城市的一个缩影。对于野蛮，您比我见识得多，更千奇百怪，但我想再多的见闻也不能抵消面对野蛮时我们的惊讶。现在您的军队来了，阿尔瓦公爵的想法如此简单，就是用你们的野蛮碾压我们的野蛮。"

"您和我谈起政治来了。"

"对不起，这不是我的本意，政治，人们已经谈得够多，从大人物到小人物，每段谈话都平庸无奇又令人生厌。在这个世界上还能指望些什么呢，如果昨天还能跪在一位圣人脚下，明天则把他踩在脚下，我想不出比这更缈无希望的困惑了，对于这里发生的一切您怎么想？"

"对于这里发生的一切我抱着最深的遗憾，但我毕竟能解释它如何发生。我唯一不懂的是您，您对我又怎么想，您把我带到这里来，究竟想让我干什么呢？"这才是堂·迪亚戈发自内心的疑问，是扬一直等待着的问话。

"这里锁着的那幅画，您看到了。它本不是属于圣·扬的。它原先所在的修道院刚刚横遭洗劫，现在那里已经空无一人。幸好修士们事先把一些财产托付给几个姐妹修院。但我一个人保护不了它，谁知道哪天天使也会让这里的门锁粉碎。大船将沉，我们不能抢救船上的所有东西，但我知道什么是值得为之一赌的。请您把它带去西班牙吧，您认识可靠的经手人，您的国王喜欢佛兰德画，对于这位国王我并不崇敬，尽管时下他也是我的国王。对于这画最重要的，就是它配得上安稳地存在，它不应毁于圣像破坏者之手。谁若知道它是如何画下来的，却又听任它被践踏焚烧，愿永恒的火落到他身上不再熄灭。"

这些是扬发自内心的回答，不管堂·迪亚戈相不相信，不管这些话是不是像上面那样说出来的；我们知道这两人之间并无流畅可靠的语言可供表达，但我们可以想象，对于已窥见过一丝神秘世界的幽光，并在持续分享这个秘密的人来说，交谈或许已经不算特别困难。两人大概已经找到了某种方式，用不拘语种的字眼，用眼神、嘴唇和手的动作感受对方，这种感受就建立在寻觅之上。我们会听见堂·迪亚戈狐疑地问："那么您知道这画是如何画下来的了？"

"我知道，画之内和画之外的故事我都知道。如果您愿意，请允许我为您讲讲这个故事。"

没有人会拒绝故事的。堂·迪亚戈更不会拒绝，他就是这一类人。我们难以想象，扬会以怎样的情感向他谈起自己的姐妹修院，谈起画诞生的地方，以及姐妹修院里的那位画家弟兄。他说修院在森林里，名叫"圣保罗"，但当地人都亲昵地叫她"红"。别的姐妹修院会羡慕她的，世上有无数修道院叫"圣保罗"，却有几个修道院能叫作"红"呢？然而她同万物一样，幸福有时，悲恸有时。我们不说令人伤感的现实了，来讲一百年前"红"里发生的事吧。

Ⅲ "红"里发生的事

    每个传奇故事的主人公都要走进一座森林。而我们的主人公却要走出一座森林。这是苏瓦涅森林，位于布鲁塞尔南面。浓密的山毛榉遮蔽了天空，只有非常稀少的阳光能够穿透枝丫，照在铺满腐叶、苔藓丛生的林地上。人们把北边的林谷叫作红谷，南边的林谷叫作绿谷。森林在布拉班特[1]公爵的领地中只是小小一块，里面却藏着至少十座大大小小的修院，其中最重要的是"红""绿谷"和"七股泉水"。僧侣们为何选中了这片森林，前赴后继地隐没其中，没人说得清。这遮天蔽日的林子要么有天使栖居，要么就是当人们掘开香气四溢的潮湿土壤，会发现整片森林之下都沉睡着千年以前的圣徒，挤挤挨挨，好像冬眠的刺猬与红松鼠……否则无法解释它的神秘气息为何如此饱涨，和雾气一起翻滚着压下来，让前来狩猎的王子们晕头转向。这股神秘的引力如此不可抗拒，以致于一位画家也离开了他的生身城市根特，离开了给他声名的佛兰德，隐退到"红"里，等待着被深深埋入泥土，睡到冬眠着的圣徒们的脚边。

    如果人有鸟兽的听觉，想必能体会到"寂静"的深意，

---

1 布拉班特：今比利时境内的一个公国。神圣罗马帝国皇帝腓特烈一世于 1184 年将布拉班特领地封给勒芬伯爵亨利，并授予后者公爵头衔，这是布拉班特公国历史的开端。15 世纪初，法国的勃艮第公爵家族获得了对布拉班特的统治权。

他会听到整个森林在日夜耳语，听到不可见之物的秘密晤谈。可惜人只能听见自己制造的回响，而不能理解森林的声音。现在是马蹄的"嘚嘚"声，还有马车的"隆隆"声，夹着猎鹰的啸声，兔子和狐狸纷纷躲进树洞，有的惊讶地偷看飘过的旗帜：这是什么花纹呀？上面的狮子不会撕咬，鹰不会起飞，百合花也没有香味，这是些什么怪物呀？快让开！猎狗们说，无知的生灵，给奥地利大公、勃艮第公爵马克西米连让路，给未来的日耳曼国王、神圣罗马帝国皇帝让路！尽管这位大人物并不熟悉脚下这片土地，却对你们握有生杀大权，他是通过娶了你们的女主人而成为你们的男主人的，尽管你们既不认识这位女主人也不认识这位男主人。他们的战争和平谋略联姻都如此复杂，不仅我们不懂，人类也未必个个都懂；他们对你们的主宰却非常简单，就是用箭射穿你们的身体，用我们撕裂你们的喉咙。跑吧，快跑吧！

猎手们的马队沿着溪流，一直骑进了红谷。溪流在红谷汇集成一片池塘，水面湛蓝、平静，像镜子似的映着水边的一片红墙，让人想起深秋时浮在水上的落叶。这就是"红"。公爵们在苏瓦涅森林里打猎时，往往都会在"红"里稍作休整。他们自然不是与僧侣们同住，而是住在贵客专属的地方。当然，公爵们都为修道院捐了大把的钱，以换取教士们许诺的永生。这买卖非常值得，也值得"红"的托马斯院长亲自出来迎接他的顾客。两人短暂地寒暄了一阵。

"阁下今天打猎尽兴吗？"

"不怎么痛快，野兽都精明得很，我派人把它们送到伙房去。"

"您太费心了。"

"彼此彼此，请问你们的祈祷如何了？"

"您为何要关心我们的祈祷？"

"显而易见。说真的，你们的香炉整天甩动，蜡烛日夜燃烧，画笔一刻不停，这可都是真金白银，里面也有我的一份，你们要尽职尽责，保证我上天堂。"

"您尽管放心，我们除了祈祷别的也干不来，但说句实话，您要是肯花上一点工夫为灵魂着想，它也就不至于千疮百孔，不得不让我们过问了！"

"院长大人，您错了，虽然我对你们复杂的灵魂医学一窍不通，可如果我们不供养你们，你们哪里来的祈祷的屋顶？再说谁的灵魂病得更重，这还难说呢！"

当然，这是在两人内心进行的对话。两人都过了童言无忌的阶段，都富有教养并擅长辞令，但他们无意真正关怀对方的内心世界。一来一去的问候平淡乏味，无需赘述，直到马克西米连说："我想见一见雨果大师。"

根据"红"的编年纪事，马克西米连曾多次在"红"驻留，也曾多次与雨果晤谈。我们难以想象两人究竟谈了些什么，他们在彼此眼中又是什么样子。我们不知道雨果的相貌，但据说每个画家笔下的脸不论美丑，都是他自己面容的反照。这样一来，我们就能猜测，马克西米连眼中的雨果步伐沉重，就像苦路画中替耶稣背十字架的老实人：脸庞狭长，面色槁灰，嘴唇苍白，岁月和充溢的情感在脸上留下了许多痕迹。至于那位曾在根特风光一时的雨果大师，马克西米连并不认识。他与勃艮第的玛丽成婚时，雨果已经在"红"穿上了僧衣。为活跃气氛,马克西米连也许向画家转达了妻子的问候,说她父亲当年举行过婚宴的大厅里,至今依旧看得见雨果大师的手笔。他或许提到了布鲁日[1]的美第奇[2]代理人,说佛罗伦萨至今仍在谈论雨果那幅《朝拜圣婴》。我们难以确定,这些对尘俗功名的渲染是否还能取悦一位退隐的画家;又或者,马克西米连的到来就像有益健康的风,让雨果感到自己受到关心,感到放松和欣喜,并且答应为对方画画。未来皇帝此刻年轻气盛的模样,或许真的被他画进了某些不复存在的组画,或至少是素描簿中。簿子里或许还藏着更庞大的计划,比如马克西米连与玛丽的速写,有可能是为双联夫妻像或三联祭坛画打下的草稿。但比起其他画家的手笔,年轻夫妇的面部线条或许更加憔悴、更加忧愁。这与其说是忠于两人的外表,是画家眼中所见,不如说是他日益沉郁的内心写照。

私下里,托马斯院长和马克西米连谈起过雨果的病。忧郁,我们对它都不陌生,当黑胆汁分泌过剩,压倒其他三种体液,即血液、黏液、胆汁,人就会怠惰、阴沉、孤僻。医书医典里都这样说,和亚里士多德的评论并列在一起。忧郁既是身体的病又是灵魂的病,而我们还没有一种解药可以根治忧郁,只能让雨果继续画画,排解忧郁。

"可我听说正是画画让他患了忧郁症。"马克西米连说,"也许画既是病根又是解药,有这样的事吗?"

---

1 布鲁日:比利时西北部城市,今西佛兰德省省会。
2 美第奇家族:是意大利佛罗伦萨 13 世纪至 17 世纪的名门望族,在欧洲拥有强大势力。

"我不知道，对于这类人的心灵，我们是了解得太少太少了。"

是呀，对于看得见的事，我们尚且不能了解，何况看不见的心灵呢？这结论非常爽快干脆，上帝保佑年轻的马克西米连不曾被忧郁所苦。结束了与忧郁画家的会面，他会惬意地走进庭院，从仆人手里接过切好的甜瓜，边吃边把心灵的论题抛到脑后。在马克西米连的体内，或许从来都是代表风的血液与代表火的胆汁交替主宰，它们都是热、流动与上升的力量。

对雨果来说，日常生活的一切事物或许都不那么简单。马克西米连的到来不仅伴着时而热络、时而局促的晤谈，有时也更加意味深长。这一天午后，雨果路过伙房时，里面正忙得不可开交。他一眼就看到一头鹿被钩子钩住一只后蹄，倒挂着摊在桌上。那无疑是马克西米连送来的战利品。厨子正给它开膛破肚，掏出的内脏就随手扔进脚下血淋淋的木桶。旁边已经挂了四五只清理好的兔子，长耳朵耷拉到盛着山鹬的篮筐里。雨果望向鹿的眼睛，它也望向雨果，湿漉漉的黑眼睛圆睁着，毛皮依旧润泽，身躯随着厨子的动作一下一下地抖动，仿佛仍能感到自己正遭受折磨。相比之下，被同样屠戮的人类躯体明显不那么体面，肉体对世界的感受消逝得更快，也没有人需要这些血肉。雨果闭上眼睛，想到那些被砍下的脑袋。1477 年，当查理公爵战死在南锡的消息传到根特，大小酒馆一度淹没在形形色色的谣言里。据说公爵的遗体是在结冰的水塘发现的，他横在冰面上，身上有三个洞，已被狼吃掉了一半。有人说公爵的几个重臣已借机投靠了法国。至于刚满 20 岁的玛丽，娇嫩的独生女，谁知道要把她嫁给什么人呢？没多少人提到她，仅有的几次，也带着半猥亵半暧昧的笑话。几个好事者开始煞有介事地描绘法国人踏进根特的场景。没人想到，不到两个月后，大家就被叫到星期五广场上看斩首了。公爵的四名重臣上个月还在与法国谈判，转眼间就被议会以叛国与贪污罪论处。行刑郑重其事，场面撼人。其中的列日总督，雨果本来接受了他的委托，要为他全家画肖像画。作为补偿，雨果花了很长的时间，用来观察枪尖上几个头颅的伤口、纹路与衰败的进程，眼看着熟悉的面孔渐渐难以辨认。他发现最先变质的是人的眼珠，也发现贵族并不比下等人腐坏得更缓慢。他还感到，与真正的死亡相比，一切残酷的绘画，就算是剥皮、砍头、肢解、被钉，都显得太天真了。到了8月，根特人绘声绘色想象过的入城式上，神气风光的主角不是法国的路易，而是奥地利的马克西米连。他比许多王子抢先一步，前来与玛丽完婚。大伙看此人年轻有为，倒也配得上让大胆查理的女儿改姓哈布斯堡。别忘了，她可是全欧洲最阔气的女继承人，他可是皇帝的独生子。"万岁，玛丽，万岁，马克西米连！"看热闹的根特人这样喊道。在啤酒馆，有人乐呵呵地把赌赢的几个钱收进怀里。大人物的戏码还在继续，平民也能沾沾光大吃大喝，何乐不为呢。举行仪式时，在装饰一新的婚宴大厅里，人们没有看到雨果·凡·德·古斯的作品。人们也没有再看到他出现在根特。

夜幕降临时，"红"的贵宾大厅里烛火通明，就和在宫殿里举行晚宴没什么两样。鹿已经做成香喷喷的菜肴端上桌来——它在清晨悠闲地吃草时，哪会想到晚上的命运呢？院长陪着马克西米连坐在大壁炉前，正听他讲各地的趣闻。突然，从不知哪里传来了一声拖长的惨叫。在夜晚的森林间，听到这样的声音，那可是太吓人了。院长向身边的修士递了个眼色。

"这是什么声音？"马克西米连问道。

"这是雨果弟兄。"修士们面无表情地回答，他们的表现或许出于冷漠，或许出于嫉妒，又或许此地的修士已习惯与疯颠忧郁之辈为伍，谁知道同寝同食之间，游荡在森林的神秘之手会放在谁身上，让他丧失理智，却获得与天使交谈的特权？谁知道雨果弟兄是不是这样呢，毕竟，我们还尚未建立一套通灵与异象图鉴，将各种惨叫、昏厥、自言自语、口吐白沫、以头撞墙分门别类，也许这是宗教裁判所的特权，但最好请他们不要光临；只能请关心灵魂的院长向贵客们表示歉意，并且离席前去查看。

托马斯院长奔到雨果的寝室，赶开在门口偷看的几个好奇的见习僧，只见房间里一片狼藉，画板画笔和瓶瓶罐罐都被掀翻在地。

"雨果，我的孩子，我的朋友，是什么在折磨你？"院长问道。是什么在折磨你——在传奇故事中，这句话有着驱除诅咒和解放他人的力量。英雄帕西法问一遍就足够了，托马斯院长却已经问过无数遍。不是他太健忘每每忘记答案，就是人真实的心灵变幻莫测，深不见底。我们不知道好院长一生中愿意真正了解的心灵有几个，但之中大概有雨果的心灵，对他们两人来说这就足够了。

"我的朋友，是什么在折磨你？"雨果看见是托马斯院长，就像个小孩一样扑过去，把头埋到他胸前哭泣。院长摩挲着雨果的脑袋，看到房间中央唯一立着的画板，被灰褐的底色涂满，说不清画家想画什么，上面幽灵般的影子也许是人的轮廓，不知是要突出它还是要覆盖它；模糊不清的脸上，却清晰地浮现出一只鹿的眼睛，浑圆、深黑，看上去就像穿透画幅的洞眼。

院长递了个眼色，门外待命的乐手们拿着提琴、琉特琴、笛子进来了，围着忧郁的画家站定。当忧郁症发作时，最权威的药方是音乐，医生们都这样说，我们要讨好这位叫忧郁的女神，请她怜悯她主宰的可怜人。请听吧，比起天国的音乐，这不过是萦绕的虫鸣，可总比没有好。

"这也许是我最后的画，院长。"在音乐中，雨果喃喃着说。

"不，雨果，"院长果断地说，"你会继续画下去，为'红'画，为马克西米连画，为远近的委托人画，也为你自己画。科隆[1]不是还邀请你去给他们画画吗？"

"我不是不能画，而是不敢画。"

"你在害怕什么，我的朋友？"

"我害怕'梦'再次找上我。"

"'梦'是什么？"

"我也不知道'梦'是什么，我不是诗人，嘴笨口拙。"

"但是你有画笔，雨果，你应该画下来。眼前这画，就算是我的委托。为了报答你，我愿意给你讲一个故事。故事的结尾，我先不说出来，等你从科隆回来时，我再告诉你……"

---

1 科隆：位于德国西部莱茵河畔的古城。

在别人眼里，这一幕是滑稽可笑的。院长从哪儿找来的这么一个乐队，曲子绵软蹩脚，连乐手们自己也忍不住偷笑。马克西米连的随从们也偷偷看着这一幕。啊，就算逃往埃及的玛利亚和约瑟，也没有这样好的安慰了。他们笑着说，院长如此关心他手下的弟兄，就像丈夫费尽心力讨好闷闷不乐的妻子。好了，这一整天的节目都很精彩，"红"里的所有人都渐渐感到了困倦。或许精疲力竭是最好的药方，忧郁神会为睡眠神网开一面的。马克西米连最先睡下，他还年轻，打猎有益地消耗了他过剩的精力，他睡得又香又沉，一夜无梦。托马斯院长处理完杂务，回了几封信，也睡下了，或许睡前念了一串玫瑰经，不等念完念珠就滑落在地。栖息在草棚里的公鸡母鸡也睡着了，假装明天不会有同伴出现在餐桌上。雨果最后一个睡着，睡得极不安稳。他梦见他的画布上是一幅垂怜圣母像，那笔触不像出自他之手。她以无比的优雅和慈悲，慢慢提起羽翼般宽大的斗篷，展示她所荫庇的一切，里面是所有孕育着的世界，有世界上所有的眼睛，所有人的梦都像卵一样在那里孵化……

现在我们来看看其中一个孕育着的梦：一座河流静谧的城市，薄雾笼罩着阶梯似的房顶，这是布鲁日。看这华美的被壁毯包裹的屋子，大床四面的帷幕放了下来，里面睡着马克西米连的妻子，我们的女主人。她略微肿胀的眼皮在颤动。如果我们能够看到她眼中所见的，就会像她一样，为四下的黑暗和闪烁的金色树枝所困扰：

"这像蛛网一样的是什么树？它的枝丫晃晕了我的眼睛，而且如此坚硬，划在脸上生疼。"

"亲爱的公主，你没有发现吗，这树是从你身上长出来的，不是只有男人们的肋旁才会长出树来，树枝分杈，枝头结果，那果子有时连你自己都不认识了。"

"你是谁？你坐在我的树上。"

"不是我坐在你的树上，你仔细看看，我的枝是从另一棵树伸过来的，和你的某段树枝交缠在了一起；我的根在很远很远的地方，和你的隔着山。这是两株大树的第一次接触，尽管它们的相连不是我们自己决定的，在你醒来时它还不会发生，但当我醒来时就会发生。"

"原来这是在我的梦里。"

"也在我的梦里。虽然我们在醒的世界不可能相遇，但梦的世界是自由的，对我们来说，也只有梦的世界能够自由。"

"我很自由。"

"亲爱的公主，不要欺骗自己了，你醒着的哪一天不是被你的父亲、你的大臣、你的丈夫摆布，就像你身下的这块土地一样……"

这时，勃艮第女公爵睁开眼睛。天色昏暗，只听见猎隼在窗边的枝杈上咕哝。她醒来时，就会忘记梦里的对话，忘记自己身上长出的树，也重新相信起自己的自由自在。于是她叫来侍女，洗漱梳妆，穿戴停当以后，就给矮种马装上侧鞍，戴上皮革手套，唤来猎隼，出发去郊外打猎。没有马克西米连陪着，反而更随心所欲。她期待冬天的到来，这样就可以在牧场冻结的冰面上溜冰。而每逢北海夜潮涌动，像摇篮般晃动陆地，她就会梦到自己身上长出的树，以及树上的另一位公主。她们夜复一夜地对话，与那些谈话相比，白天才轻脆得像一场梦。

　　雨果纵然能够描绘某些梦境，但此时的他并不能理解自己与他人的梦。他开始窥见梦境深处的意义，和前往科隆的旅行密不可分。"红"的编年纪事记录了整件事的契机。

　　"1480 年早春，'红'收到了科隆的来信，"纪事这样写道，"信中请雨果弟兄前来为圣乌尔苏拉教堂绘制祭坛画。原料、工具和助手由科隆方面提供。将支付画家 18 利弗尔的工钱。

　　"托马斯院长同意了科隆的委托。附加条件则是：作为对'红'的回报，科隆当借此良机，送还某件本属于'红'的圣物。信众称其为'无处安放的心'，命名原因说法不一。鉴于'无处安放的心'在当地广受敬奉，行有许多治愈的神迹，科隆对它颇为不舍，而在院长的坚持下，双方最终达成了一致。壁画完工时，圣物将交付雨果弟兄，由他带回'红'。"

　　据说雨果出发的那天阳光明媚，空气宜人。现在，他来到了故事开头的地方，寻找走出森林的路。对他来说，"红"是一座安稳的岛，而苏瓦涅森林就是包罗万象、变幻莫测的大海。必须要专心致志，才能够不迷失方向。

　　路过几条溪流交汇的"七股泉水"时，他把水袋装满，在那儿汲水的修士又往他的行囊里塞了一块黑面包。此刻头戴宽檐帽、背着皮挎包的雨果也许不像僧侣，而更像个俗人朝圣者。他答谢了"七股泉水"的修士，随口问道："你听说过'无处安放的心'吗？"

"怎么，谁的心有安放的地方呢？"年轻的见习僧似乎不太懂佛拉芒语，说话含含糊糊。

"那么，你能告诉我'绿谷'在哪个方向吗？"雨果又小心翼翼地问。

"你要先经过'七股泉水'，"见习僧回答，"然后再往南走就是'绿谷'。"

"怎么，这里不是'七股泉水'吗？"

"你搞反了方向，这是'溺水孩子的池塘'。当然，是否真的有孩子曾淹死在池塘里，没人知道……"年轻人咧开嘴笑着，露出发黑的牙齿。

雨果仓皇逃开了，仿佛不这么做，"溺水孩子的池塘"就真的要把他拽进水中。他似乎无数次看到鹿的身影在暗处一闪而过，无数双圆眼睛盯着他，眼里倒映着无数个困在里面的他。他慌不择路，一株巨大的椴树绊倒了他。雨果匍匐在林地上，被腐叶与苔藓所包裹。我们不知道此刻雨果看见了什么。只听见他喃喃着说，"啊，托马斯院长，没有'红'的保护，我如何才能逃出'梦'的迷宫啊！"雨果发出这样的悲叹时，他的眼泪和吐出的湿润气息就缓缓渗入了土壤，消散在地底。假如这可怜人有所知觉，就会感受到来自大地深处的叹息。当大海上涨，吞噬一切时，就会发出这样的声音，它无意毁灭任何事物，但最微小的叹息也足以摧毁一座大城。曾在苏瓦涅生活过的圣徒们就组成了这片大海。我们知道，这个森林的圣徒过于密集，光焰灼人。画家雨果既不是圣徒，也不是普通的凡人。他拥有感知光焰的直觉，却不幸缺乏承受光焰的肉体。说不定这才是人类忧郁的根源。

现在，到了故事转折的时刻，这就是要有人来宣布：不要害怕。谁听见这句话，尽管更会恐惧到极点，却应该非常清楚自己遇到了什么。只有天使和君王有权力这样说，他们无不是把炽烈燃烧、砍杀无数的利剑收回鞘中，才悄声安抚吓破了胆的凡人：不要害怕。听见这话的凡人还应该明白一点，那就是不要愚蠢地询问："你是谁？"因为不言自明的时刻自会到来。我们不知道来者是什么模样，但想必在雨果眼中十分骇人，因为他像孩子一样捂住了眼睛。

　　"不要害怕，来自'红'的雨果。我知道你要去哪里，要做什么。我是来为你指路的。现在我们在'绿谷'，在这片森林之海的正中央。这就是说，前与后等量，上与下等量。中央点是一个受祝福的点，在那里，每人眼中所见都不尽相同。你看到苏瓦涅森林的全貌没有？你会自己看到一切的。你真应该把它画下来。不是它在卑微肉眼中的样子，而是在天使眼中的模样。你会看到，天空就像一个倒扣的长漏斗，覆盖了整个森林。深渊的底部在我们头顶。大部分人是倒栽进天空的深渊里的，因为他们不知道头朝下才能看见宇宙，也不知道这颠倒迷宫的真正出口……"

　　我们不知道，这些话是否有助于雨果走出森林。这些话是圣徒的语言，是神秘主义者的语言。他们在世时也许性格千差万别，但全都明白一个事实——人类语言的苍白与有限。也许正是因此，他们说话常常使用比喻。也许陷入挤满圣徒的迷宫时，也必须用比喻来寻找出口。雨果怯怯地张开手指，从指缝间望了望，感到道路在眼前成倍扩张。他想起托马斯院长为自己讲的故事。他意识到，自己脚下的路，正是故事的主人公，一个名叫雷米的小修士一百多年前走过的通往科隆的路。他知道自己不能倒下，不能迷路，不能回头，因为托马斯院长会在他回来时，为他讲完这个故事。

Ⅳ 无处安放的心

"起初，人类的肉体轻盈、澄明、不朽。在犯下第一桩罪的时刻，人头一次感到了肉体的重量，预感到肉体必将朽坏的命运，也因此头一次感到恐惧与忧愁。它们来自他体内那颗躁动不歇的心。心是灵魂与肉体的交点。肉体因终将一死而感到恐惧，便在此处紧紧扼住失明的、被囚的灵魂。由此，才有了心的悸动与血的流淌。由此，才有了肉体的疼痛、激情、羞赧、焦灼、渴望。"

这是科隆人约翰在"红"的最后一次布道。1344年5月6日，他自己那颗躁动的心也停止了跳动（在这一天，教会纪念使徒圣约翰受酷刑不死的奇迹）。当苏瓦涅森林里聚集起头一批隐修士，我们的这位约翰也从科隆来到了"红"，成为修院的缔造者之一。人们便叫他科隆人约翰。在广受尊敬也备受争议的一生中，科隆人约翰留下了许多精彩动人的讲道，教导人们蔑视肉体、战胜肉体。也正是因此，在他笔下凝聚了对人类血肉最细致入微的探索，就像一名学识渊博却不持刀的医生。在临终的床上，约翰请人们把他的心脏取出来，送回家乡科隆安葬。

约翰的这一遗愿引起了广泛的困惑，招致了几位对手的嘲讽。有人说区区一个修士，身无长物，竟胆敢要求国王般的待遇；有人辩解道，约翰临终前已经意识模糊，说不定其实是说不要把心葬在科隆。这个提议更加荒唐，没有得到任何响应。"绿谷"的缔造者扬·凡·吕斯布鲁克毫不掩饰对这位同僚的失望。"有人一生蔑视肉体,"他说,"末了竟提出如此细致的对肉体的期盼,不能不说是他一生事业的污点。这就像是让人剜出自己最混沌的部分,再把它埋进一片地里,任其生根发芽。这混沌的种子固然不幸,它的播种者无疑将更加不幸……"

"红"的人们更加烦恼。谁负责远赴科隆,去埋葬这颗令人困扰的心呢?他们大都是土生土长的布拉班特人和佛兰德人,人生如同客旅,世界是条太广大的路,这些祈祷书上的话他们背得烂熟,却不曾亲自踏上一条通向远方的路。约翰曾抱着怎样的决心背井离乡呀,现在怎么又想念起科隆了呢,那得是怎样的一个地方呀,他们这样交头接耳,犹犹豫豫,直到一个稚嫩的声音说:"让我去吧。"这是小修士雷米。他看见大家惊讶的目光聚集在自己身上,不禁涨红了脸。这少年出身寒微,勉强才识一些字,羞涩而寡言少语,却是科隆人约翰最钟爱的弟子,也是他最坚定的拥护者。他虽不能投入艰深的论战替老师辩护,却也时不时吐露两句惊人之言。"我们不能再耽搁了,"雷米怯怯地说,"得快些把老师的心送到科隆去。如果教皇派使者来开棺查看,得把他领到一个宽敞、体面的地方。"修士们愣怔许久才明白过来,雷米在描绘封圣之前的检验仪式。他毫不怀疑自己的老师有一天将被宣布为圣徒,他的残骸、衣物和用品都将被奉为圣物,被众人膜拜。

在修院医疗所的长桌上,人们切开了约翰的身体。这一幕是血淋淋的。任何语言都无法为它蒙上安详仁爱的色彩。有人脸色发青地奔出去呕吐了。余下的那些不停地画着十字，垂着眼躲在一边。我们无法想象雷米眼中的光景，想象他老师的身体如何赤裸着平躺在那里，任人宰割；操刀的修士如何把手伸进拙劣的切口，摸索着神秘的内部，取出他生前常常谈起的那颗心脏。每个人也许都是第一次看到属于人类的这个器官。他们或许怀着莫名的恐惧，端详它奇特的形状与绵密的组织。每个人都在暗自琢磨，究竟是哪个神秘的部分曾与那看不见的灵魂相连，又是哪个罪恶的部分因为害怕死亡而紧扼住灵魂。这颗还淌着血的心或许在雷米手里停留了片刻。也许它尚有余温。师生二人纵然感情深厚，但没人确定他们是否曾以活着的身体彼此接触。我们知道两人都轻视肉体。他们唯一得以肌肤相亲，也许就是一人捧着另一人的心。雷米合拢双手，像祈祷般地捧着它，眼里又充满困惑。就是这个东西，曾主宰着那了不起的生命，就是这个东西，曾生发出许多的严厉和柔情。跟他想象中那颗温柔、伟大的心相比，这个又湿又黏的肉块看起来多么卑微，多么寒酸啊！看看这颗心，他对自己说，这颗必将广受敬奉的心，只有你摸过它，见过它本来的模样。他在心里反复念着这句话，让自己不再畏惧它，也不再怀疑它。他轻轻吻了老师的心，就像佛兰德人亲吻供奉在布鲁日的基督圣血。我们不知道，雷米从唇上尝到了怎样的滋味；他自己也不知道，这一吻将在他心里埋下怎样的一颗种子。

修士们把心脏抹上盐，放进小瓦罐，再用泥封上口。那时的"红"还很贫穷，没有工匠也没有殿堂。他们也不懂怎样保存肉体，好延缓它的腐坏，也许这件事应该留给上帝去做。老师，请你忍耐一下，雷米在心里说，未来，最好的工匠会用水晶、金子和丝绒为你做新的容器，放在祭坛上。目前这想法太狂妄，他不敢大声说出来，尽管这少年人痴情并且疯颠，这我们已经知道了。他说出口的仅仅是："老师，请在天上指引我吧。"

"可怜的孩子。"直到雷米上了路，负责操刀的修士才说道。现在，他正一针一线地缝着失去了心的躯体，准备下葬。那手法固然笨拙，但探察过了人的内部，眼光或许就会不大一样。"这要么是一条绝望之路，要么是一条成圣之路，你们记住他离去的样子吧，无论选择哪条路，这孩子都不可能再原样回到'红'了。"

雷米用一个小包袱把装心脏的瓦罐挂在脖子上，紧贴着胸口。据说佛兰德伯爵从十字军战场返回布鲁日时，他的随军神父就是这样把基督圣血系在颈上，日夜兼程。人人都知道，血的主人出生时，东方有三个国王跟着一颗星星去见他。现在这三个国王的圣骨就在科隆安眠。也许对神圣的遗骸们来说，科隆是一个甜美的坟茔，因此科隆人约翰才希望把心送回家乡。他对雷米谈起过那虔诚的百堂之城，还有它仿佛永远盖不完的大教堂。雷米想到那些将圣物负在身上的旅行者，跟他们的漫长旅程相比，从"红"到科隆只是大地上微小的一步。他还想到，纵使某些人出身高贵，策马恣意驰骋，实际不过是被圣物所驱使，也许只有圣物才真正在大地上移动。这些移动的轨迹偶尔交会，那便是夏夜篝火旁一同掰着面包的朝圣者们。到了早晨，每个人便各奔东西。有人为雷米指出从通厄伦[1]到科隆的大

---

1 通厄伦：位于比利时东部，是比利时最古老的小镇。

道，路在很久以前就有了，这边是马斯特里赫特，那边是亚琛，然后就会听见人们说着不同的语言了。他们以各自奔赴的圣徒道别：

"谢谢，圣雅各保佑您。"

"不客气，圣乌尔苏拉保佑你。"

"圣乌尔苏拉固然有福，但我更需要圣约翰的指引。"

"科隆有圣约翰的圣物吗，是哪一个圣约翰呀？"

"很快就会有了，现在这圣物正在路上。"

当雷米孤身躺在野外的草地上过夜，便长久地凝望星空，好奇东方三王看见的会是哪一颗星，直到困倦覆上双眼，使他再也看不清自己与星辰的距离。雷米思念着老师，祈求他在梦里为自己解惑。然而科隆人约翰没有出现在雷米的梦中。

1344 年是个残酷的年份。但相较于之前及之后的岁月，它也远不是最黑暗最绝望的一年。人们已不记得哪个国王又宣布哪个国王不合法，也不记得此刻到底有几个教皇，现在该听谁的话，罗马的那个还是阿维尼翁的那个。也许圣彼得是块神奇的石头，天国钥匙放在上面能变成两把，教会建在上面能变成两个甚至许多个。阿维尼翁迎来了第四个教皇，远在德国的皇帝听说这个消息时，朝窗外啐了口唾沫。他已不记得自己的教籍究竟是驱逐着还是保留着，自己的灵魂究竟是有救还是万劫不复。当然，皇帝和教皇两人都坚持，万劫不复的无疑是对方的灵魂。皇帝召集有识之士抨击教皇，教皇唾弃桀骜不驯的皇帝，斥责古怪的神学家，惩罚支持皇帝的城市，城市反过来驱逐支持教皇的教士。那些年头，无处可去的灵魂想必填满了整个世界。

人们会惊讶于空气是如此浓稠压抑，简直寸步难行，却看不到无以计数的灵魂正围着他们游荡。当然，并非人人都看不见这景象，我们姑且相信当时一位修女的话，她说看见了两座炼狱，一个就是我们脚踏的每一寸土地，另一个则从地狱之口一直延伸到紧闭的天国脚下，里面盛满了忧愁的灵魂。看来炼狱有着最广大的胸怀，是宇宙中最慷慨的地方。

如果请这位修女看一看科隆的上空，她也许会说，即使科隆沉睡着那么多的圣徒，即使与星辰为友的三位国王在科隆安眠，科隆也不能逃离炼狱吞噬一切的臂膀。星空与炼狱在科隆头顶交汇，比上涨的莱茵河水更加靠近这个城市。

五月的天亮得早。晨星刚刚消逝时，雷米就起身了。他或许也隐隐感到了天空的重量，被胸口传来的搏动所惊醒。他不知道是谁在激动难安，是他本人，还是那颗紧贴自己、快要结束旅途的心。莱茵河上吹来一阵清新的风，河的对岸就是科隆城。

"喂，小修士，你到科隆来干什么呢？"城门下，几个裹白头巾的女孩冲他喊。雷米没有理会她们。他走在街上，发现人们用异样的眼神瞄着他。他在刚支起窗板的面包铺门前，像托钵僧那样讨了一块面包。他接过来说："上帝保佑您，师傅。"

"什么上帝呀，"面包师傅对他的道谢不以为然，"就算没有上帝，施舍一小块面包总还是说得过去的。"

"我不明白您的话，怎么会没有上帝呢？"

"啊，或许有吧，不过在科隆是找不到他的。"

"怎么可能？难道科隆没有教堂，也没有教士吗？"

"教士们都给赶跑啦！教皇给城市下了禁令，到皇帝屈服为止，科隆都不许再办圣事啦！"

"难道人生下来也没有洗礼，死时也没有告解吗？"

"没有教士，找谁来做呢？好几年了，这个城市的人都是堕落着出生，堕落着死去的。人一死，就埋进土。没有祝福，也没有弥撒，就这么简单。吃面包吧。"

"不，我要找一个神父，我必须找到一个神父，"雷米结结巴巴地说，"科隆这么大……只要一个祝福……"

"教堂和修道院都是空的。不然就去找那些疯女人……我说，小伙子，你干嘛不自己祝福自己，嗯？你没有圣职？可惜呀，要不然你给我的面包画个十字，我待会儿就这么吆喝：快来买呀，全城最神圣的面包！"

"可是要安葬……这颗心……不能就这么埋掉它……不能没有祝福就……"

"心？什么心？"

一颗圣洁的心！一颗要在科隆得到祝福的心！雷米没有喊出口，他攥着胸口的包袱，晕倒在地上。

雷米没有听见过路人的惊呼。在昏迷的时候，他模模糊糊地觉得有人抬起自己，再次被放下时，身体有如落在一片沙地上，一阵阵晚祷般的低语仿佛沙粒抚过他的脸颊："上帝就是纯粹的虚无，是灵魂得以发源的荒漠……"他琢磨着这些奇异的话，恍惚觉得老师的论战曾涉及这些字眼。"虚无""荒漠"，只有修道院的人才这样说话……直到感到有人在解他胸前的包袱，雷米才大叫一声醒了过来，一个裹白头巾的女孩正往他额头上滴水。雷米认出这是早上在城门口朝他喊的女孩。他攥紧了包袱。

"我不想偷你的东西，"她说，"你快喘不过气了，我想让你松快一点。"

他们置身一个宽阔的敞间，四下简陋的床铺还躺着其他人，像是收容穷人的医院，角落一个裹白头巾的老妪正借着斜阳的微光，瞌瞌睡睡地念着一本书，那些沙粒般的话就出自她之口。雷米好奇地问："她在念什么？"

"一位曾住在科隆，为我们讲道的大师的作品。"女孩说。

"这位大师还在吗？"

"不在了，他被迫离去，不知所终，那是多年以前的事。念书的嬷嬷见过他，那时我还没出生。"

"那么他是嬷嬷的老师了。"

"或许吧，她亲手抄写了他的讲道。"

"说不定我的老师也在科隆见过你们的大师。我叫雷米，你叫什么？"

"我叫露特加德。"

"啊，守护佛兰德的圣女露特加德与你同在，"雷米说，"露特加德，请你行行好，我需要一个神父。"

"莫非你快要死了吗？"

"比死了更难受。"

"那么科隆城的人大概已经死过一回了，面包师傅不是对你说了吗，教皇对城市下了禁令。教士们离开科隆的那天，景象盛况空前：紧闭的修道院一个个敞开了大门，修士们，修女们，奥古斯丁会士们，方济各会士们，多明我会士们，本堂神父们，议事司铎们纷纷走上街，壮观得好像圣体大游行。他们宣布：'我们听教皇的。''呸，你们只是听法国人的!'人群中有人喊道,'这是灾难,末日,大分裂!''别走,否则谁来宽恕我们的罪呀!''亲爱的,我也不想走,可我得服从,为你自己的灵魂祈祷吧!'从那天起,科隆就没有教士了,钟也不再敲,整座城突然变得安安静静,只剩下我们。在这个被抛弃的城市,只有我们替人祈祷、治疗、施舍、送葬。"

"你们是谁?"

"我们是贝居安女。"

雷米一下子坐了起来。

"啊,我知道你们,贝居安会,佛兰德遍地都是,不发愿、不进修道院的修女,多少异端都出自你们,前不久还在巴黎烧死了一个,连带她流毒的作品,圣露特加德会为你哭泣的。"

"你怎么知道她不会理解我,所有同上帝来往的女人都在深渊上行走,被烧死和被封圣只有一线之隔。在这个没有晃动的香炉,没有祝福的手,没有倾洒的油的城市,人们还能怎么办呢?他们生来就被告知,灵魂如此的堕落,眼睛如此的昏聩,只有这些东西才能让他们脱离罪恶,最终上升得到幸福。好了,现在这些东西没有了,就像一个城市失去了心,就像一个人失去了心。人们捡拾起曾经生活在这个城市的某些大师的只言片语,过去没有人听得懂他说的话,而现在他的话通过传抄的纸,通过贝居安女,通过临终床前的低泣,通过深夜唇间的叹息慢慢传播开来。人们重复着这些话,未必比以前更理解它们,但在这个失去祝福的城市里,这些话本身仿佛就是一种沉默的祝福。这些话说,天国很可能始于活着的时候,如果活着时不去感受到天国的幸福，死后又怎么可能感受得到呢？"

"什么是天国呢？"雷米问她。

"天国就是灵魂得以发源的荒漠，是一片虚无而没有形体的状态。在这个无边的荒漠中，灵魂失去了自己的形状，慢慢融化，和神融为一体，不分你我。既然活着就能达到这种至福，那么生活在一个隔绝的城中，也就显得不那么悲惨了。好好听着，雷米，仔细琢磨这番话，也许你的老师当年也听见了这位大师讲道，说不定他就是为了把荒漠种到世界上去，才前往佛兰德的。"

"也许你说得有道理，可是我不懂，这个虚无的荒漠是没有边界也没有尽头的吗？"

"是的，这正是美妙所在。"

"那么，我到哪里去寻找它的心呢？"

露特加德沉默了。

夜深人静时，雷米离开了贝居安会的房子。他站在洒满月光的空地上，却不知道该去哪里。远方未完工的大教堂蛰伏在夜幕中，就像一只折断翅膀的蜻蜓。夏夜中充满了各种各样的声音，其中伴随着沙沙的声音，谁知道那是虫鸣的声音，风吹过树叶的声音，还是又一个灵魂脱离肉体的声音，又或者是沙子纷纷落地的声音。或许每死去一个人，荒漠就会扩大一点。

雷米脱掉衣服，解下包袱，把小小的瓦罐贴近耳朵。啊，星空下的科隆四处都飘荡着神秘的沙沙声，把心跳的声音都淹没了。里面的那颗心，现在变成了什么样子？它一度被血肉所困，如今被冰冷的泥和坚硬的容器所困。人们常常说心将要得到解放，这解放的日子何时到来呢？雷米想着，当这颗心还跳动时，他曾经这样贴近老师的心口，听过它的声音吗？如果肉体仍然温暖时，我们不珍视它，接触它，留给我们一颗不再跳动的心又有什么用呢？在这个人人谈论着荒漠和虚无的城市，一颗实实在在的心应该放在哪里呢？雷米哭了起来。这时，他才真正地感到了恩师之死的悲痛。

露特加德远远地站在窗前，望着月光下的这一切。这是什么景象呀，她低声自语。雷米，愿你能看到我看到的一切，看到你周围星空变得浓稠，而炼狱变得稀薄，看到所有的科隆圣徒、东方三王、乌尔苏拉和一万一千个圣女手拉着手，额头抵着额头，轻抚空地上悲恸的你，看到你手中那颗心的主人在何处凝视着你，看到你自己那颗心现在的模样，看到有什么正在从它里面萌芽……

但愿人人都有一双贝居安女的眼睛，那样我们就能洞察肉体掩藏的东西，以及它们不可阻挡的命运。也许我们害怕看见它们，也害怕别人告诉我们，所以才会堵上她们的嘴，毁掉这样的眼睛。我们质问她们，说她们趁着科隆市民的灵魂摇摇欲坠，竟敢伸手摘下这些可怜的灵魂，扔进自己的白围裙里。但是以下灵魂的堕落与贝居安女无干：当雷米哭累睡着，露特加德也合眼休息的时候，几只手偷偷接近雷米，把他身上松动的包袱偷走了。其中有些人白天和雷米一起躺在贝居安会的医院里，晚上就甩开了拐杖，决定瞧瞧外来修士视若生命的珍宝。他们挟着包袱，一直跑到莱茵河桥下，心里也充满疑惑：

"一个小修士能有什么值钱的东西？"

"可这沉甸甸的瓦罐是什么呀，莫非是金币吗？"

"难道他打劫了教堂？"

"不知道，打碎看看吧。"

紧接着是瓦片在石头上碎裂的声音。我们不知道上帝的意愿，不知他对雷米十分残酷还是十分仁慈，也不知他对所有人十分残酷还是十分仁慈。不过眼前的景象，雷米还是不要亲眼目睹为好。天刚蒙蒙亮，眼睛还看不清楚，然而从地上升起的腥臭味已足以让任何人震惊、反胃。他们倒退两步、捂住鼻子、咒骂了一声，既困惑又害怕，不知碰上了什么魔法或妖术，不知自己揭露了什么阴谋，不知究竟是谁在嘲弄谁。最后，他们半是慌张半是愤怒地把那个混着尘土的肉块踢进河里，仿佛留它在岸上，就会污染一切活人的心智。雷米无处安放的心就这样沉到了莱茵河的河底。也许水能替代人去祝福，去安葬，但我们不知道心脏的主人是否满意于这个葬身之所。我们只知道，当雷米终于跌跌撞撞地找到桥下，看到岸边碎裂的瓦片时，在那里站了很久很久，直到最终倒了下去，再也没有醒过来。

当然，以上只是昏聩的凡人眼中所见。露特加德看见的东西要多一些。她笃定地说，雷米没有怀疑过上帝的仁慈。全盘信赖他的仁慈只有一种办法，就是让自己的心裂成两半。我们可以说，这颗碎裂的心比那颗不幸腐坏的心爱得更深，因为它活着时搏动得更激烈，受的折磨更多。人们听着贝居安女孩的话，纷纷啧啧称奇。

V 一颗心抵另一颗心

"下雪了。"讲故事的人忽然说。听故事的人心中一惊，不知这句话在描述哪一个世界，是忧郁画家的世界还是心与荒漠的世界，又或者是他们自己的世界。"梅赫伦下雪了。"圣·扬修道院的议事司铎说。堂·迪亚戈望向窗外，点点微光从拼嵌的圆玻璃窗映进来。扬背对着窗，他又如何知道下雪了呢？莫非佛兰德的雪有声音有气味，就像着魔的人能闻到月亮的气味？又或者当他决定讲起下雪，便真的开始下雪？就像说要有月光，于是就有了月光。

接着讲下去呀，不要停下来。堂·迪亚戈动了动嘴唇，说出口的却是："不，我不相信这故事是真的。"

"您不相信哪个故事是真的？"扬问。"从哪里开始不是真的呢？"

"我也不知道，你把我弄糊涂了，什么患了忧郁症的画家雨果，马克西米连皇帝和勃艮第的玛丽，森林里的'红'，一颗无处安放的心，然后充满了神魂颠倒的人，这虚虚实实的迷宫要把人带到哪里去呀！对了，是画，你要给我讲画的故事，可是你编造出了'红'，编造了许多人的梦，编造了一颗心。"

"我不是编故事的人，"扬说，"只是讲故事的人，而且还没讲完，您太心急了，连画画的人都没有听完他的故事呢。不过这不能怪您，人们总是愿意摸到实实在在的东西。正是因此才会有圣物崇拜，只不过一些人眼中的圣物是另一些人眼中的尘土。"

扬站起身，打开了角落的圣龛，捧出了某样沉甸甸的东西。他的举动让堂·迪亚戈生出奇妙的预感，但出言阻止已经来不及了。扬抱着一个巨大的圣髑匣站到他跟前。在跃动的炉火旁，扬的胸前闪着微暗的光。圣髑匣外壳镶金，形似一只倒竖的眼睛，内部像鸟巢般繁复幽深，衬着深红的丝绒，层层叠叠的叶子和卷成卷的羊皮纸围拢中央一块小小的玻璃罩，像羊膜般紧紧包裹里面的东西。

"这是什么？"堂·迪亚戈问。

"您觉得这是什么？"扬反问，"您以为圣·扬只接受了雨果的画吗？这就是画家带回'红'的圣物，这就是那颗无处安放的心。"

扬把它抱在怀里，圣髑匣整个遮住了他的胸膛，那样子有如身躯打开了一个缺口，睁开了一只眼睛。

"你摸摸这颗心。"他轻声说。

堂·迪亚戈犹豫着伸出手，战战兢兢，像是要在柔软的鸟巢中摸索，捧出夭折的雏鸟。

"不要担心，"扬说，"这颗心现在是你的了。"

堂·迪亚戈轻轻探进层层包裹的金叶子和丝绒，隔着轻薄易碎的玻璃，触摸那颗几不可见的心脏。在无数种子、叶子和圣髑间，几乎看不到那和一小片枯叶没有两样的器官，看不到它上面细如叶脉的裂纹。这颗心经历了些什么，最终才被关到这里面呀！他感到指尖传来怦然的悸动。他不知道这悸动属于谁，是他自己的还是扬的，又或者是这颗心的，纵使它早已枯萎碎裂，在触摸下却仍能跳动起来。

"这到底是谁的心呢?"他低声问。扬低着头,没有回答。陷阱仍在持续,堂·迪亚戈心想,这湿冷而水汽氤氲的地方让人头脑迟钝,雪的声音和月亮的气味诱发心底的疯狂。征服者发烫的手碰到了扬冰凉的手,两人都暗暗吃了一惊。也许这就是西班牙进入佛兰德的命运,堂·迪亚戈心想,就像一把燃烧的剑投进幽暗的湖水,沉呀,沉呀,沉到深渊里。

"你说这颗心现在是我的了?"

"没错。"

"这是什么意思呢?"

"就是它任凭你处置了。我愿意以这颗心为赠物,换取你对雨果大师画作的保护。"

"你要把这颗心送给我?"

"是的。"

"这礼物太贵重,我不能收下。"

"你的赠礼更贵重,我无以为报。"

"我给你什么了?"

"允许我向你讲故事。"

"啊,是的,故事。"

"故事还没有讲完。"

"那么,你继续讲吧。"

扬张了张嘴,可堂·迪亚戈耳边传来的是什么响动呀?这不是扬的嗓音,而是凌乱的马蹄声,从遥远的地方纷沓而至。或许征服者能够辨别西班牙的铁蹄声。堂·迪亚戈猛地站起来,推开窗板,首先看到的是夜色中一具具游荡的火把。它们照亮了漫天大雪,照亮了为首的人瘦高的身形,雪落在他肩头，霎时间就融化了。此人将披风一抖，从马上跳下来。当他摘下兜帽，把脸转向这边时，堂·迪亚戈浑身的血都沸腾起来，尽管这个葬列般的队伍像黑夜般沉默，他却仿佛听见了隆隆的鼓声。"胡安，"堂·迪亚戈叫道，"胡安。"

我们毫不犹豫地赐予来者这个名字。对于一名西班牙僧侣这是最适合的名字。这个舞台的角色终于到齐了。胡安修士是西班牙宗教裁判所派遣佛兰德的代表之一。所有佛兰德人都畏惧某些西班牙人，所有西班牙人都畏惧宗教裁判所。基督教世界到处都有宗教裁判所，这之中只有西班牙宗教裁判所挥动苦鞭，把大写的"神圣"二字刻在自己的脊背上，把土壤和血在眼皮底下一捧一捧筛过。在她面前往来的所有宗教裁判所都战栗了，在她的想象力与意志力之下臣服下来。

胡安打小和堂·迪亚戈沿托莱多的大街小巷追逐嬉闹，后者会趁胡安不备，抓起一把沙子扔进他的眼睛，嘲笑他的瘦弱，直到人迹罕至的地方，两人才不情不愿地循着细细的沙粒和弯曲的羊肠小道，一起寻觅回家的路。堂·迪亚戈出发前往新大陆时，胡安特地来到加的斯港口，为他送行。港口上千年前就有了，目的地却是新的。大船上既有冒险家，又有传教士。在码头工和水手的喧哗中，两个少年人或许相倾诉自己的梦想，又或者都默默不语，不指望对方能理解自己的抱负。堂·迪亚戈关心的是未曾有人踏足的土地，胡安关心的是灵魂未曾探察的角落。当堂·迪亚戈沿马格达莱纳河深入腹地，被虫子叮得满身是包，却叫不出它们的名字，胡安则窝在萨拉曼卡大学图书馆，从刚归档的卷宗一直浏览到罗马时代的圣徒传和编年史，最终震惊于人类思想的奇形怪状。"未知的世界如此广大。"——某年某月某日，两人的日记中或许会出现同样的句子（就如相向而行的两只蜗牛终会相遇），"好像你举着火把在地底探路，却只能看清眼前的一小块儿。你的脚步不能缩减黑暗的体积，你的火把却着实在消耗、燃尽……"

　　1547 年，堂·迪亚戈在德意志战场接到了胡安的信。当时他有些吃惊，两人已多年不曾联系，就连他从新大陆返回托莱多休养时，胡安也未曾来看过他。人家说他已在宗教裁判所担任见习审查官，"年轻而赤诚"，人们这样形容他。胡安的信却不是在西班牙，而是在特兰托写就的。信中说，就是此刻，他正和主教们一同关在城中，不得不延续那场旷日持久的大公会议，确定教会信条，痛斥横行北方的叛教者。特兰托时疫横行，暴躁的皇帝却禁止他们离城另择会场。"我感到了历史的重演，"胡安的笔迹有些颤抖，"就像回到在大学研读古卷的日子。仿佛昨天读过什么，今天就在经历什么。我们回到了罗马时代，朋友！世人的信仰再次混乱不堪，一个皇帝和一个教皇再次携手，召集了世界各地的主教，聚集在一个帝国城市，再次制订和宣读信条。瘟疫来了，但我宁愿留下，呼吸空气中几近奇异的味道，揣测自己在这场重演中的角色。亲爱的朋友，你的角色会是什么？你在战斗间歇，不妨抬头望望天空，看战场上空是否也会再次出现神秘的徽号，宣布你在其下必将得胜……朋友，你愿意回信给我吗？在与世隔绝的城中，书信是多么大的安慰啊！（就像当年的叙达修斯等待他的回信……）"

堂·迪亚戈扔下了信，感觉百味杂陈。他心里明白，疫病、围城与孤独会激发人的妄想，助长狂热和依赖。几天后，西班牙当真在米尔贝格挫败了路德派的军队。就算阿尔瓦公爵对他大为嘉奖，堂·迪亚戈也找不回热血沸腾的滋味——戏剧高潮再精彩，要是重演好几遍，也令人厌腻了。他不愿再看一眼信纸，觉得那是一面镜子，映出他自己既迷恋又害怕的东西。他最终没有提笔给胡安写信。打那以后，堂·迪亚戈对胡安总抱有某种歉疚，或许是因为没有回复他的信，或许是因为儿时曾朝他眼里扔沙子……现在，无人胆敢朝胡安的黑眼睛里扔沙子了。这双眼睛是为洞察心底的恐惧而生的，是为宣读起诉书而生的，当所有人从柴堆的火上移开目光时，它们也绝不会眨一下。当人们举着火把，自以为来到不为人知的最远边界，却发现胡安早已站在那里等待了。

现在胡安从特兰托回来了，或许带来了不会痊愈的热病，也带来了披盔戴甲的士兵，就像涨潮时分的海水那样，势不可挡地占据了圣·扬的每个角落。我们不知道哪一种处境对扬更为不幸，是被圣像破坏者包围，还是被宗教裁判所包围？当前者和后者相遇，无疑也会拼个你死我活，而他们你追我赶时，恰巧后者对扬更感兴趣，这也许是因为圣像破坏者是群起出击的黄蜂，而宗教裁判所是张网等待的蜘蛛，同时也会扑食躲避蜂群而撞上罗网的猎物，毕竟它对捕猎更加在行。

这么一来，胡安和扬就碰到了一起。这么说似乎有些重复，因为两个名字是同一圣名在不同民族耳中的回响。两人都献身教会，都在圣约翰的庇护之下。从圣约翰那时起经过了多少代呀，足以让无数分享他名字的人形同陌路。西班牙的约翰伫立在昏暗的斗室中，与髑髅形影相吊；佛兰德的约翰陷在广袤无垠的梦境中，那里的居民众多，沸反盈天。当两个约翰面对面，脸贴脸，两人的心神是否能渗透这薄薄的躯壳，彼此联合——鼠群和鱼群是否会颤动它们透明的翅膀，飞进无人栖居的黑夜；当神圣的黑夜被不速之客侵扰时，这些粗野的生灵是否也会在静寂的崇高面前噤若寒蝉。可惜，这些不可思议的交汇只会出现在梦境与想象中，由其他西班牙人和佛兰德人来实现，但不会在他们中间发生。也许梦让人彼此联结，害怕梦侵蚀自己，就会相互隔绝。对胡安来说，扬作为佛兰德人来自一个险恶的地方，作为教会中人就更加用心叵测。

他指着扬说："放下你的所谓圣物，士兵们，看住这个人，让他待在这屋子里，不要让他跑了，等到天亮，就把他押解回去。"

"这究竟是怎么回事？"堂·迪亚戈叫道，"你到底在干什么，胡安？"

"堂·迪亚戈队长，你不要说话，我在挽救一个灵魂，或者是两个灵魂，这要看后者的意愿。你看，他闭嘴了，这些佛兰德人都狡猾得很，知道一对一的倾谈容易俘获人心，观众一多，迷局也就戳穿了。"

胡安修士的理由非常充足。正是出于同样的理由，我们才常常对别人说："我能单独和你谈谈吗；我能私下和你说说话吗；下面我要说的话只能对你一个人讲……"接着邀请对方来到一个僻静的角落。这类场面总是让人既期待又忐忑，仿佛这样吐露的字句就有了非比寻常的力量。胡安修士现在要做同样的事情了。他让士兵守着屋子，把堂·迪亚戈拽到走廊的暗处。我们很难说清这是怎样的对话，是西班牙人与西班牙人的对话，是一名宗教裁判官和一名征服者的对话，还是久别重逢的童年伙伴之间心怀芥蒂的对话。胡安只字未提佛兰德人。他一开口便问：

"堂·迪亚戈，还记得我写给你的信吗？"

"啊……"堂·迪亚戈哑口无言了，他怎么能忘记那封信呢？"记得，我当然记得。"

"你从没提过对那封信的看法。"

堂·迪亚戈有些尴尬，就像怠惰的学生应付突如其来的考问。他硬着头皮说："我只有一个地方不明白。"

"哪里不明白呢？"

"你在信中提到的，等待回信的叙达修斯是谁。"

胡安听了这个问题，微笑起来，正如一个宗教裁判官的微笑。

"堂·迪亚戈，你背诵一下《信经》。"胡安修士说。

"你说什么，胡安？"

"我说，请你背诵《信经》，就是每次弥撒上必会诵念的段落，也就是基督教信仰的信条。"

堂·迪亚戈十分困惑，还有一丝紧张，不知胡安用意何在。他想了想，勉强从嘴里挤出了第一句，的确，第一句颇富韵律感："Credo in Unum Deum..."（我信唯一的天主）

大部分人都记得许多开头，比如"起初神创造天地。"比如"女神呀，请让我歌颂某人的愤怒。"比如"我在人生的中途迷失在一片森林……"而要记住故事如何发展就困难了，最后只能含含糊糊勉强收尾："就这样，他们幸福地生活在一起，直到白发千古，阿门！"

听众会不满地叫起来，怎么，这就完了吗，中间发生了什么呀？看来皆大欢喜的结局并不能唬弄所有人。

"算了，"胡安说，"我不是教义课的老师，你也不是伸出手心挨打的孩子。我只是想借此给你讲一个故事，也就是这部《信经》形成时期发生的故事，也许有助于你理解某些东西。"

"理解什么东西？"

"理解眼前，理解过去，理解一切，这取决于你。你知道，我在萨拉曼卡大学研习神学，一度着迷于早期教会史，也就是罗马帝国晚期的历史。我曾就《信经》的形成写过一篇论文，还曾试图为我们的先人神学家编写传记。那时我还太年轻，一头扎进书斋，不知疲倦和险恶。前辈说，我过于耽溺幻想。我反驳他说，我们的祖先如何坚持正统信仰，驳斥异端，对宗教裁判所依然大有裨益。我看到的是一个最为变幻莫测的时代，斗争的舞台比使徒们的时代更为广袤。只是有赖今天发现新大陆，我们的舞台才能勉强与之比肩……"

怎么，宗教裁判所的人也讲起了故事，又或者这只是胡安给堂·迪亚戈讲的故事。他终于写起了自己期待已久的那封信，将自己的舌头当作笔，将对方的耳朵当作信纸，句子就是时而流畅时而模糊的墨水。这一回，堂·迪亚戈不得不聆听。

— 一 —

VI《信经》形成时期的爱情

　　上帝用六天创造了世界，我们确定自己该信什么，却花了近百年。上帝第一天创造昼夜时，我们决定相信这个创造世界的神；第二天把空气和水分开时，我们相信圣子基督；第三天在地上种遍树木和果子时，我们相信基督在圣母胎中道成肉身；第四天创造日月星辰时，我们相信基督被钉十字架，死而复活；第五天创造天上的鸟和水中的鱼时，我们相信基督的升天与最终的审判；第六天造出了地上的走兽，还造出了人，我们便相信圣灵、教会、洗礼和复活；这一切多美好呀，让我们一劳永逸地跟着上帝在第七天休息吧，可是不，我们操的心要多得多。罗马衰亡的时期，神学家们在全罗马的大道来回奔波，不眠不休，字斟句酌，召开了许多次会议确定信条，这就是我们耳熟能详的《信经》形成的岁月。一次会议还不够，还要开第二次、第三次，每次都往信条上增添一点，因为要驳斥的邪门歪道太多太多。使徒保罗的足迹只是延伸到小亚细亚，这个时代的敌人却可能来自罗马帝国的四面八方，来自沙漠、高山和森林。他们之间不需要真的面对面唇枪舌战，有时候，一卷广为誊抄的书信，一篇口耳相传的辩护词，就足以造成毁灭性的打击，因为它动摇的是目不识丁的信徒的心，收割掠夺的是不可见却十分沉重的一束束灵魂。他们刚刚从斗兽场出来，甚至还没出来就开始剪灭自己人了，那是为了未来的子民多如天上的繁星。非常正确，他们都拥有超人的远见，百折不挠，执笔的许多人后来都成了圣人，足以证明他们的深谋远虑。基督徒，当心你的舌头，不要昏昏欲睡，不要口齿不清，不要漫不经心，你可知道你拼出的每句话，都曾让许多人丢了性命——这些可怜人仍在每天每座不同大小教堂的仪式中，在你的口中反复死去。神就是言语，作为神的言语和作为言语的神无时无刻不在生杀予夺。现在我们来念："我信唯一的天主"，啊，那些不信神只有一个的人就此死去了，死在废墟和火山灰下。继续念，"我相信他是天的创造者，是地的创造者，是一切可见和不可见之物的创造者"，那些不相信神创造天地的人就此死去了，被砍头了，被焚烧了，他们喃喃着，天地如此沉重，混沌，堕落，怎么可能来自澄明的神呢，不可见之物又是什么，当我们本身成了不可见的，是否能够见到它们？现在注意念，每个句读可谓雷霆万钧，每个音节下惨死者不计其数："我信唯一的主耶稣基督，天主独生子，万世之前由父所生，受生而非受造，与父同性同体……"停，等一等，这都是什么意思呀，到底谁能弄懂它们，在这字词的密林里迷失了太多的人，他们是否就困在了"万世"的迷宫中？难道世界不止一个吗，每次诵念都要毁灭无数宇宙，舌头怎能受得了呢？"同性同体"，这几个神秘的大字要用拗口的希腊文绣在帐幕上，当心不要拼错了，落下一个字母，它就要压死太多的人……

　　我要说的就是这个信经形成的时期，我们一位祖先的故事。人们称他为托莱多的叙达修斯，说起来也是我们的同乡。圣哲罗姆《名人传》的某些抄本中，还能找到关于他的记述。他出身名门望族，家里出过几位议员，也已几代信奉基督教。他童年便被送往罗马，学习修辞、语法和演说术。叙达修斯以少年才华出名，写得一手好诗，滔滔雄辩也引人入胜，获得许多罗马人的仰慕。他们要么登门拜访，要么托人捎信，其中多是奉承客套之辞，也有少数愿意与他探讨学问、切磋诗艺的，却往往照搬古人，空泛浮夸，不堪卒读。其中只有一位通信者，行文沉稳，渊博而谦逊，叙达修斯只与他保持了真挚热情的书信往来。笔友自称爱梅卢斯，出身高卢[1]，也是来罗马求学的，看似也是基督徒贵族。两人少年胆大，常常设想一些新奇的问题，进行推测和争论。哲人辈出的罗马终究接纳了奴隶与穷人的宗教，两人都认为个中奥秘值得玩味。他们自问，荷马若生在犹太人中间，是否会以史诗的风格写下摩西五经；那么尤利西斯看到的或许不是着火的荆棘，而是燃烧的海水……爱梅卢斯提出，《约翰福音》的开头是最崇高的诗句，不亚于任何颂诗，作者应被视为伟大的诗人。他问，如果耶稣将教会传给这位约翰，而不是凡庸怯懦的彼得，世界将会怎样……

爱梅卢斯常常向他致歉，说自己羞涩讷言，面对面谈话往往词不达意，宁可诉诸笔端。叙达修斯爽快地把回复写成了一篇对书信的赞辞，说信也会讲话，只要有道路和信使，朋友之间尽可以忘情倾诉。那段日子，他反复读着哲人们对友谊的讨论，相信两人配得上称为真正的朋友：友谊不仅诞生在熟悉的人之间，人们完全可以凭借对遥远

---

1 高卢：古代西欧地区名，即莱茵河西岸，现为法国、比利时等地。

之人的仰慕，建立坚实的激情；不必区分友情与爱情，因为友谊是从爱这个词派生而来……直到有一天，他收到爱梅卢斯的简信，说自己不得不离开罗马返回高卢，恳求两人一聚。相见与告别的那天，罗马正值盛夏祭典，两人一眼就在人潮中认出了对方。爱梅卢斯想必有一副高卢人浅发淡眼的相貌。他们或许没有忘情畅谈，因为爱梅卢斯生性内向，也因为长篇大论在信中已写得够多。确认爱慕之情并无虚假，长长地互相拥抱，这就足够了。远处卡皮托利诺山顶传来了号角声，皇帝正给诗歌比赛的冠军戴上桂冠。他们相视一笑，都坚信只有对方配得上这个荣誉，甚至是比这更高的嘉奖。两个人在欢腾的街上彻夜漫步，直到天明。他们在弗拉米尼亚城门分手，约好常常通信，尽管对叙达修斯来说，比利时、日耳曼这些北方省份都还只是几个名字。他目送爱梅卢斯踏上了通向北方的大道。

与朋友分别后，叙达修斯大病了一场。这让他整个人都变了。突然失明的圣保罗在大马士革摔下马后，曾听到上帝的呼喊；奥古斯丁曾在迷茫中翻开《圣经》，看到的是保罗的警句；哲罗姆在病床上听见了基督的指责，说你是西塞罗[1]的门徒，不是我的门徒。叙达修斯昏迷中听见了窗外市场的喧哗，一个鱼贩说圣子低于圣父，一个盐贩说圣子诞生于虚无。"这两句谎话就像两把剑交叉着刺中了我，"他回忆道，"我出生时，正是尼西亚召开会议、制定信条的那年。二十年能让婴儿长大成人，却无法使人们记住短短的一个句子……"病愈后，他立即中断罗马的学业，回到

---

1 西塞罗（前 106—前 43）：古罗马著名政治家、演说家、雄辩家、法学家和哲学家。

托莱多，宣布放弃仕途，投入教会的事业。此后不久，皇帝向各地主教发信，敦促他们前往撒底迦，再次开会确定信条。叙达修斯也跟随几个西班牙代表去了遥远的保加利亚。他一生将注定反复梦见石板铺就、烟尘弥漫的大道，断断续续通到大地尽头。会场由禁军把守，白净的显贵紧挨着寒酸干巴的老头，后者往往竟是某位屡遭放逐、声名显赫的大圣人。白天的谩骂甚至厮打都在意料之中，夜里的栽赃则防不胜防（敌手为让他身败名裂，不止一次买通妓女潜入他的房间）。更令他痛心的是，《信经》早已成了一纸空文。声称自己是尼西亚派，就相当于被放逐。

等他疲惫地返回托莱多，已是秋收时节。家仆说高卢刚刚来过信使，给他留下了一封信。他展开信纸，从熟悉的行文就能认出写信的是谁。"朋友啊！读到你的信，就如旧日重现。"他写道，"我哭了。"

爱梅卢斯的信件统统没有保留下来，但我们还能读到叙达修斯的信，从而猜测两人怎样你来我往。他们继续讨论起未完的话题。叙达修斯始终认为，约翰终究不能替代彼得，毕竟后者更成熟老练。爱梅卢斯则回道，约翰是耶稣最喜爱的门徒，他所率领的教会，人们会更加温柔，更加忠诚，因为他本人体验过这种独一无二的爱。叙达修斯打趣说，这样的教会或许稍显女子气了。他写给爱梅卢斯的信，口吻迥异于其他的神学篇章，他从不在信中谈及现实，不抱怨异端林立、论战艰辛、旅途劳顿，仿佛触及恼人的现实，就会损坏信中的那个世界。他只是抱怨两人间隔太远、信使太怠惰，害自己等一封信总是等得太久。

353年，叙达修斯当选托莱多主教。这一年，君士坦提乌斯二世又把主教们召集到了阿尔勒。到会者比撒底迦的那次更多，千奇百怪的异端发言也增加了好几倍。君士坦丁大帝的儿子是个暴君，对真理一窍不通，却乐于观看神学家激辩。叙达修斯的对手们占据了皇帝的晚宴桌。这期间，他派助手和家仆给爱梅卢斯送去好几封信，都杳无回音。有的信使有去无还，有的报告说，高卢日耳曼陷入战事，路上不仅要与盘查的大兵周旋，更要担心蛮族的突袭。那段日子，他好几次梦见燃烧的手将条条大路从地上抽去，仿佛从水中抓鱼。我们还能够读到他焦灼的句子："朋友，如果你爱我，为什么不回复我？"过了很久，消息才传到西班牙：法兰克人侵入并占据了西部边陲，大肆劫掠，城市和村庄饱受摧残。随后，尤利安的赫赫战功传遍了罗马。这时，叙达修斯才接到友人辗转各地、迟到好几年的信。信中以一种超然于时间和乱世的口吻，说约翰的温柔无损于教会的力量，因为他的精神里恰恰饱含着雷霆般的雄浑、知识与智慧……爱梅卢斯究竟在何时送出的这封信，信里究竟在回复多久以前的话题，这些都不重要了。叙达修斯的激动之情满溢纸上："我哭了。我热切地吻着你的信，就像水手长期航行之后见到了陆地，情人长期分离之后见到了情人……"他命人将爱梅卢斯的信抄写下来，便于前往里米尼的路上随时阅读。

每一次大公会议的召开，在帝国内都不啻于一次地震。每个中继点的驿站都挤满了主教们的马队，好几次骡马和食物都不够用了。官员满腹怨言，却不得不招待皇帝召集的贵客。他们发牢骚说，好些穷乡僻壤的主教搞不清会议地点，来回走了许多冤枉路，白白浪费了帝国的物资。

通过几位北方主教，叙达修斯痛心地听说，那里的人民虽早已皈依基督教，却同样陷入各种异端邪说。一些教派混淆了福音书和古代神话，信奉起二元论，认为堕落的肉体囚禁、败坏了灵魂，阻隔了它回归星宿的上升。他们尤其假托使徒约翰的口吻，捏造了好几篇福音、行传、书信和启示录，渐渐让人难辨真伪。他们排斥其他福音书作者，并声称彼得篡夺了约翰的位置。叙达修斯记起，这些作品同样也流传到了西班牙，在阿维拉和加利西亚一带流毒甚广。他读过某些传抄的片断，觉得那个（或那些）匿名作者确实在模仿约翰的风格，看得出功力深厚，要驳倒他（或他们）并非易事。召开会议时，异端派巧舌如簧，辩得淳朴的高卢主教们哑口无言，皇帝又强迫大家在决议上签字，否则不准离场。他们屈服了。在里米尼可耻的投降，使得各派间的仇恨又深了一层。回到西班牙后，叙达修斯全心投入论战，逐个反驳这些学说。他的敌手自然包括著名的阿维拉主教普里西安，此人很晚才皈依正教，时不时有他施行魔法的传言。叙达修斯指出，这些人应为许多假福音在西班牙的传播负主要责任。他又为他们取了个诨号，叫"约翰教派"。

他将大部分精力花费在四处论战、寻求盟友上。但每年秋收时，他一定会回到托莱多，与远方的朋友通信。因为即便道路畅通，也只有温暖的季节适合穿越比利牛斯山，深入高卢腹地。当尤里安称帝的消息传来时，他原本欢欣鼓舞，觉得罗马的大道可以从此太平。但事与愿违，叛教者尤里安的所作所为很快震惊了全罗马。有神学家把他当成反基督现世，坚信末日将近。叙达修斯受到了打击，不敢再在信中称颂这位一度平定北方的将领。他沮丧地向友人承认:"也许我就是你看不上眼的那个彼得,觉得剑可以保护自己的信仰……"当人们为尤里安的横死赞美神意时,叙达修斯却能苦涩地感受到,此后与北方通信愈加艰难——再没人能保护危机四伏的大道,再没人能像他那样建造城墙。合意的信使也越来越难找,有时只能勉强托付给远行的商人、士兵和水手。我们还能够读到某些焦躁的句子:"朋友啊,请原谅我说话颠三倒四,我连夜给你写了这封信。你的信使是个急性子,今天来送信,却声称明天就要上路。上帝啊,天快亮了,这个暴躁的士兵一大早就会来敲门了……"

有一回,信使从海上来。此人解释说,陆上的道路又被战事所阻,幸好他半途找到了一个搭船的机会。不幸的是,船又在海上遭遇风暴,行李信件全都落进海中。好在信使是个聪明伶俐的小伙子,他记住了爱梅卢斯信中的几段话,就竭尽所能复述给叙达修斯。自然,他也充当起回程的信使,听写叙达修斯的回复:"亲爱的朋友啊,你派来的信使让我想起当年的你。我拼命逼问他,求他是否能想起更多。他每说一句话,我都忍不住想象是你站在我面前说话。也许我把他和你弄混了。我不禁想象,我们之间的信究竟覆盖了罗马多少的道路。地上有那么多的道路,是否会有那么一处,让我们此生还能以肉体重逢……"好几次,上了年纪的主教都因泣不成声,不得不暂停口述。只此一次,他委婉地提到,在这个当口,友人对约翰的热忱可能招来误解。年轻人或许有些困窘,既不明白复述的来信,也不理解听写的回信。叙达修斯亲吻着小伙子的手,热切地把回信塞到他手里，又塞给他一个沉甸甸的钱袋，权当奖赏和旅费。对方可能被吓坏了。

381年，叙达修斯越过海洋，来到君士坦丁堡，参加一生中最后一次会议，即君士坦丁堡大公会议。对我们来说，只记住这一头一尾也就够了。没有这次会议，就没有创造天地的上帝，也没有童贞受孕的圣母玛利亚。尼西亚与君士坦丁堡距离如此之近，人们从这里到那里却花费了五十六年，踏遍了全罗马的道路，丧失了无以计数的灵魂；也许两座城间隔着云雾缭绕的迷宫，比帝国的每一片海都深不可测。叙达修斯终于赢得了西班牙主教们的支持，共同谴责约翰教派的异端行径。阿维拉主教对裁决不服，要求皇帝亲自定夺。这件事的结局我们都知道了：两派敌手从西班牙来到特里尔，当着皇帝的面对质，叙达修斯取得了胜利，普里西安最终被判信奉异端、散布谎言、施行魔法，连带几个亲信一起被皇帝砍了头。这也许是第一桩以死为诫的宗教裁判。也许是命中注定，宗教裁判所的根就长在西班牙。

为彻底清除余孽，叙达修斯撰写了一部手册，细细列举了二十条技巧，教人辨认并找出隐藏的约翰教派：可以先是对阿维拉主教的死表示不平，引起对方的共鸣；然后谈到肉体的罪恶，说它阻挠了灵魂的上升与回归；当对方放下戒心，就可以留心他的言行，呈报给教会。技巧服从于一个原则——如有必要，可以欺瞒和哄骗对方。正因为约翰教派长于造假、混淆真伪，所以必须用谎言对抗谎言……叙达修斯一生著述繁多，却只有这部简单平实的小册子广为传抄，甚至从西班牙各省流传到了高卢和东方。

他为此感到有些失落，但很快就欣慰地听说，通过他传授的方法，各地都揪出不少约翰教派的余党。

某位神学家曾这样回忆《信经》形成的岁月："每一年，不，每个月，我们都在制订新的信条，描述那些看不见的不解之谜。我们不惜互相撕咬，成为彼此毁灭的根源……"经过了漫长的日日月月，叙达修斯的牙齿都已经松动了。他为自己的解脱而长舒一口气。他写信向友人坦白："我一生身不由己，被迫四处奔波，与人唇枪舌战，现在终于可以休息了。"

对方没有回复。叙达修斯又托人辗转送去许多封信，依然杳无音讯，仿佛信使一旦踏入北方的密林，就逐一迷失了方向。他的信中逐渐浸透了焦急和不解，慢慢地，还带着某种不明缘由的内疚。最后几封信已不像是在对谁讲话，更像是在自言自语，语气怅然若失。此后，又经过了许多次秋收时节。直到生命的最后一刻，他也没有再接到过爱梅卢斯的回信。

叙达修斯晚年几乎没有再动笔写过任何著作，也没有再离开过西班牙。据我们所知，他最后一次旅行的终点是加的斯港。所有文献都没有交代他前往那里的用意。据说他由人搀扶，下到熙熙攘攘的港口，眺望开往远方的大船，眼前就是传说中的赫拉克勒斯之柱[1]。一群青年聚集在码头，呼喊着向远航的朋友告别。他似乎冒出了随他们登

---

1 赫拉克勒斯之柱：传说中赫拉克勒斯在摘取金苹果前，要跨越阿特拉斯山脉。但他为便宜行事，用自己的特异能力，把阿特拉斯山脉一分为二，开凿了直布罗陀海峡，打通了地中海和大西洋。因此直布罗陀海峡两岸边耸立的山峰被称为赫拉克勒斯之柱。

船的念头，但双腿已经无力迈动。那时，他说了一些莫名其妙的话："港口是一个饱受祝福的地方……许多古代鸿篇都以'下到港口'为开头……""赫拉克勒斯劈开山脉，打通两片海洋，不是为了告诉人们，再往前走就是世界的尽头……"

他在旅途中发起高烧，被抬回托莱多时几乎已神志不清。他死的那一年，汪达尔人长驱而下，侵入了西班牙。而法兰克人对高卢的毁灭性劫掠，还要来得更早一些。对罗马衰亡的许多描述，都能在同时代人的笔下找到。

VII "譬如蜘蛛造屋"

胡安修士不再说话了。堂·迪亚戈听得有些恍惚,不知该如何看待这故事和讲故事的人。可怜的征服者,一夜之间听了太多的故事,既和巨人战斗又和狂风战斗。胡安在他眼中面目模糊起来,他不禁去想象一尊粗砺冷峻的石像,从它口中忽而迸出燕子的啼鸣。"在漫长的时间里,约翰教派有了许多变种,"胡安修士接着说,"直到今天,我们还能够在北方地区找到约翰教派的痕迹,有时连它的子嗣都对自己的血脉不甚清楚,常常又杂糅了本地色彩的迷信。毕竟,这块土地上怪事频出,就连他们的圣徒都十分可疑。"燕子的叫声停止了。

"你故事的结论就是这个吗?"堂·迪亚戈问。

"不,"胡安回答,"故事的寓意是无止境的,所有的故事都是如此。我只是想警告你,当心佛兰德人的故事,故事里的许多人都有可能是约翰教派的秘密传人(尽管他们自己未必知晓)。他给你看的'无处安放的心'不是圣物,而是这种异端崇拜的遗物。梅赫伦的扬不是异端余孽,就是别有用心。"

"那么'无处安放的心'引发的奇迹是什么呢?"堂·迪亚戈问。

"是迷信。只有圣物引发的奇迹叫奇迹,邪物引发的事不叫奇迹。"

"邪物引发的事情叫什么呢？"

"邪物引发的事情就叫魔法。"

"那你要怎么对待他呢，给他安上什么罪名呢？"

"注意你的用词，堂·迪亚戈，宗教裁判所的职责是调查和纠问，不是给人安上罪名。"

"那么你要调查和纠问出什么罪名呢？"

"施行魔法，蛊惑西班牙军人。"

"我可没看到什么魔法。"

"这是当然，因为魔法是看不见的。"

"我害怕你，胡安。"堂·迪亚戈，这个见识过风暴、热病和屠城的征服者对他的童年伙伴说。

他推开把守的士兵，回到关押佛兰德人的屋子里。扬坐在炉边，合拢的手搁在膝上，凝视着火；也许他已经闻到了火的味道。桌上一对酒杯还摆在原处，盘子都没有撤下，客人却成了主人，主人成了囚徒。现在，征服者征服了最后一方不属于他的土地。尽管这场征服可能并不出自他的本意。在这样的时刻，征服者应该对被征服者说些什么呢？说我很抱歉，这话或许太重了。对方或许也会说，您不需要对我抱以歉意，就像我们不需要对盘子里的肉抱以歉意；西班牙人不是第一次反客为主，顺便征服好意斟酒的主人。眼前的人，你与他相识仅有一天一夜，也从来毋需对他的命运负责，他或许有求于你，你或许会应允他，可承诺的庄重时刻尚未到来便夭折了，只余下几个晦暗不明、没有讲完的故事，还不及桌上的浊酒、窗边的雪影和炉火的轻烟来得真实。

"你究竟为什么要给我讲故事呢？"堂·迪亚戈问。

"你为什么要来佛兰德呢？"扬反问他，"这里阴冷、粗野，你们并不喜欢。你们什么都有，西班牙是果实芳香、阳光炽热的地方，就连黑夜里也火光熊熊。"

"上帝保佑西班牙。"堂·迪亚戈说，"也许我们就是这样，守着据说是世界尽头的地方，却总想上路；看从未见过的星星，吃从未尝过的果实，忍耐酷热和严冬，通过联姻的血和倾洒的血去接管土地。"

"那么，或许你应该问那位夫人为何坠马，为何早早死去，她英俊的儿子为何娶了你们的公主。毕竟，若不是马克西米连和玛丽的儿子娶了胡安娜，你与我或许就不会坐在这里。"

"我听说她是个疯子。"

"她是来佛兰德才发疯的吗，或者，她把疯病带来了佛兰德呢？"

"第一个与佛兰德结合的西班牙人最终疯了，却没能阻挡更多的人前赴后继。也许他们天性向往疯狂。"堂·迪亚戈想了想，接着说："我刚刚听过了胡安修士的故事。"

"是揭发我罪行的故事吗？"

"不，是非常古老的故事。但我总觉得这故事不完整，没有讲完。"

"你更喜欢他讲的故事，是吗？"

"不，这我说不清楚。"

"他为什么也要给你讲故事？"

"我不知道。但这让我想起了摩尔人给我讲过的东方故事。其中有个故事说，两个死敌为置对方于死地，就轮流给国王讲故事，看谁最终能打动国王。多奇怪呀，故事竟然有这样的力量，能够作为武器互相投掷。"

"可比起害人性命的故事，我更愿意听到救人性命的故事。"

"据说，这些故事的起源正是如此：那位讲故事的人不停制造悬念，用无数个夜晚拖延结局，这是为了拯救同胞，也是为了拯救自己，因为自己的性命在听故事的人手中。主人总是会问：'然后呢?'奴隶总是会说：'故事还没有讲完。'"

"多奇怪呀，往往是奴隶给主人讲故事，臣仆给国王讲故事，死囚给法官讲故事。双方地位越是悬殊，故事就越是揪心。"

"因为他心里清楚，那是他唯一的希望。对他来说，在头被砍下，肢体四散之前，没有什么比故事更重要了；人们不会杀死没讲完故事的人。"

"那么，在这些故事中，他会有无穷无尽的时间，故事就可以永远讲下去了。"

"是的，事实上，没人知道这些故事究竟有多少个。我在托莱多养病时，本想把这些故事誊写下来，但最终没敢动笔。我隐隐觉得，这些东方故事作为一个整体，可能是圣经的反面。因为圣经愿意说服我们，它讲述的事情确实发生过；而前者始终标榜自己是故事，却好似在建造对故事的信仰。人若是任由自己淹没其中，迟早会不知真实为何物。也许正是害怕这一点，我才再次离开家乡，四处寻觅战场，避开手上沾墨水的人。"

"可是，我却找到了你。"扬说，"因为我一开始就觉得，整个大厅的人中，只有你会坐下来，听我的故事。"

"如果我一开始就知道整件事，我不会跟着你走。"堂·迪亚戈说。他走到炉边，紧挨着扬坐下。

"如果我们有无穷无尽的时间，"扬说，"我想听你讲你的故事。我看得出来，你也有数不尽的故事，甚至比我的还要多。"

"而你说过，要把你的故事讲完。"

"我说过。"

"雨果还没有完成科隆的画，公主的梦还没有做完，心也还没有着落。"

"是的。"

"你还愿意继续讲给我听吗？"

这个问题，对方无须回答，另一方也无须再问。皇帝、士兵、画家、小丑、女公爵、修道院长、千梦圣母、猎狗们、雄鹿们、圣人们、圣女们、失去心的人、心脏破碎的人，他们都在唇边耐心等待着。在天亮之前，你，这位生命岌岌可危的人，你唯一有权做的事情就是把他们讲出来；而你，这位偶然与他结识、注定天亮离去的人，你唯一能够做的事情就是倾听他。

VIII 一万一千夜

　　1344 年是个残酷的年份。这一年最奇特的事，或许就是在一个被抛弃的城里，一个少年人要安放一颗心。他捧着这颗心，痛哭流涕，在城中徒劳地来来回回，眼看着心在他手中渐渐衰败，他却找不到一个葬心之地。少年人自己的心便也碎成了两半。接下来几年的故事更加残酷，讲述它的人都能从舌头上感到绵延不绝的苦味——黑死病到来了。她席卷了每个王国的每个角落，不容抗拒地牵着每个人的手跳起死亡之舞，带走了农民、骑士、小偷、妓女、乞丐、面包师、神学家、贝居安女，连同阿维尼翁的教皇，连同他们的记忆，连同人们对他们的记忆，连同人们对荒漠的记忆。教皇的继任匆匆忙忙地签发了许多大赦令，就如过去签发绝罚令，希望如此就能减免大家的罪恶，包括自己的罪恶；或许这位好人仍然不太明白，谁才是灵魂的真正主宰。

　　返回科隆时，教士们会惊讶地发现，居民崇拜着奇怪的圣物——一颗封存在水晶里的心。他们惊讶地打听这是怎么回事，人们便说，黑死病横行时，有人曾向这颗心祈祷，于是他就成了全家唯独免于一死的人，这事就传开了。传说它的主人是一位佛兰德修士，他来到禁令中的科隆替人做圣事，不幸被奸人所害。有个女孩说他的心碎成了两半，因为它承受过莫大的痛苦。"信不信由您，收拾遗体时，大家发现她所言不假，就请人把它封存起来。"

教士们又说："我们想询问那位少女。"

"哎呀，她早就死了，她在医院照顾黑死病人，他们都成了头一批死者。上帝保佑她的灵魂。"

教士们耸耸肩："哎，算了，在大赦令与瘟疫横行的年头，最紧要的是可以触摸的希望，何况科隆又凭空多了一件圣物，能够吸引香客，何乐不为呢。""等一等，"教士们忽然想起了什么，"得给圣物起个名字，一颗'承受了莫大痛苦的心'呀，一颗'驱散瘟疫的心'呀，这些名字都太拗口了。"

"有人听过那女孩念叨一个词，什么一颗'无处安放的心'，没人懂得这是什么意思。"

"这个名字虽然奇怪，倒也朗朗上口，那么，就叫它'无处安放的心'吧。"他们命工匠打造一个镶金的圣髑匣，把心脏供奉其中。

从此，这座曾经是荒漠的城就获得了它的心。它一层接一层披上耀眼的外壳，脚下的蜡烛从未间断，背后的还愿牌渐渐覆盖了整面石墙。它静静地待在科隆，等待多年以后，一双颤抖的、还沾着油彩的手将它捧出圣龛，对它说："雷米，亲爱的兄弟，跟我回到'红'去吧。"

我们的雨果随着雷米的脚步来到了科隆。但他比雷米幸运得多，科隆城中人来人往，居民看起来非常富有，非常忙碌，黑死病和大禁令都像是一场久远的梦。人们敞开门迎接雨果，"啊，大师，欢迎您，我们恭候多时了。"雨果甩下行囊，就进到堆满石料和脚手架的圣乌尔苏拉教堂。每天，他一笔笔画下乌尔苏拉和陪伴她殉道的一万一千贞女。她们不朽的航行无人不知无人不晓：工匠们不厌其烦地描绘着她们如何拒绝婚约，如何乘船去罗马朝圣，如何返程时在科隆被匈奴人尽数杀害；描绘大船载着女孩们，像一只大碗盛满待宰的鹌鹑，无可挽回地送向刀口；描绘一只只手如何拉扯一丛丛金色的头发，把断头残肢抛进莱茵河。一万一千个少女乘坐的船，那是多大的一条船呀，雨果心想，那得是能承载一个城市的巨船，是一座航行的城。这条船该如何闪耀，才能让沿途的女孩们丢下针线，抛掉戒指，跟随执意远航的乌尔苏拉；她一路上该带走了多少女儿，清空了多少村庄呀。她也许是历史上最一呼百应的首领，尤利西斯也不曾一夜间就召集了一万一千个伙伴。如果她们不心怀慈悲，大船势必会撑破河流，把一座座城接连碾在脚下……

　　画匠们在角落忙碌时，耳边就灌满了念经和讲道的"嗡嗡"声。神父们每天都登上布道坛，将"无处安放的心"颂赞一番。他们指着圣髑匣说："看呀，圣徒的灵魂在天国自由往来时，他们的一部分残骸仍留在地上，任人亲吻抚摸。这枯萎的一小块肉与它主人的那颗广袤无垠的灵魂曾经亲密无间，这就是那个灵魂的了不起的投影。你们摸摸它，吻吻它，这也许就是你们的卑微灵魂与伟大灵魂之间最近的距离，但愿地狱之火在你们回想起这一吻时，会因敬畏而冷却片时；人们不知道活着时要多多亲吻，亲吻的时间决定了火狱里蒙受宽赦的时间……"

　　啊，颂扬亲吻的布道家！天真的布道家！雨果边画边忧伤地想，你们既不认识这颗心，也不认识这颗心的主人，你们不知道这颗心是怎么破碎的，也不知道它真正的疑虑和痛苦。它不是为了被剜出来给你们囚禁、给你们观赏、给你们亲吻，才走了长长的路来到这里的。它曾经抵在另一颗真正无处安放的心上，那颗心悲惨地腐坏了，正像我们大多数人的命运。雷米，你究竟在莱茵河边站了多久，究竟看到了什么呢？你大概望不见那颗心如何沉到河底，我笔下的这位金发小姐却眼看着它落到自己身边。也许所有的心都该以沉入水中为归宿。助手屏住呼吸，一点点给祭坛画贴着金箔，繁多而细密的亮点让他眼花缭乱。他边干边嘟囔："大师，科隆的上空干吗有那么多星星呀？河里的鱼正在吃一颗人心吗？让圣女的心这样遭罪，是不是太残忍啦？"雨果埋头画画，概不回答。等合约期满，双方结清账目，雨果就拿上"无处安放的心"，离开了科隆。

时值开春，遍地都在庆祝五朔节[1]。辽阔的平原草木葱茏，每个村庄都遥遥竖起一根花柱。守着大路的小客栈露天摆出了桌椅，张张坐满。雨果走得累了，就在酒客间勉强挤出个空位，要了杯啤酒。空地上搭起了木偶戏的台子，孩子们指着破幕帘边挂着的一溜木偶，"咯咯"直笑。木偶师傅喊："快来看戏呀，各位，机会难得，我要讲一个凄美的故事，准保让太太今晚趴在你肩上哭！"他摘下一对男女木偶："这是个游吟诗人，这是个伯爵夫人，诗人到佛兰德伯爵的宫廷献诗，与伯爵夫人坠入爱河；伯爵发现两人的私情，便将诗人的心脏挖出，煮熟端给妻子。伯爵夫人明知那是情人的心，还是忍痛吃了下去，这是举世无双的食粮，滋味无以言表。"木偶师傅将女木偶的盛装扯下，露出

---

1 五朔节：五朔节是欧洲传统民间节日。用以祭祀树神、谷物神、庆祝农业收获及春天的来临。每年5月1日举行。

粗糙发黑的木头，上面绑满麻绳——"从此她把自己关在塔中不吃不喝，直到袍裾弯如新月的天使从天而降，把她的灵魂接走……"

"这故事真无聊！"有人喊道，"快讲个好笑的让我们乐一乐，不然拆了你的戏台。""好吧，我讲。"木偶师傅又拿出一个圆滚滚的黑衣僧侣和一个精瘦的小丑，"孩子们，这是捣蛋鬼梯尔·乌兰斯匹格。诸位，这位好神父受主教之命，去亚琛偷了件圣物——我主耶稣受难时围的圣兜裆布，以便供在自己教区招徕香客。该他倒霉，半道上跟梯尔喝酒，梯尔趁他烂醉，偷偷把圣兜裆布藏了起来。神父一醒便哭天抢地：'唉哟，我遭罪了，拿不回圣兜裆布，主教大人得活宰了我。'于是梯尔把自己的内裤解下来：'好神父，你拿这个交差，装进水晶匣，任是教皇也看不出来！''哎呀，太妙了，我可怎么感谢您呀！'梯尔让他掏钱，又好一顿吃喝。末了，神父揣着内裤冒充的圣兜裆布满意而去，而梯尔快活地敲起了鼓！"木偶师傅在鼓上一敲，大伙乐得前仰后合，纷纷鼓掌喝彩。乐手吹响了风笛，人们围着结满彩带的五朔节花柱跳起舞来，越转越快；独腿乞丐也在木拐上拍起手，露出残缺的牙齿；客栈老板娘抬出烘饼和烤鸡，一路上，有的手伸向油光透亮的肉，有的手摸上圆滚滚的胸脯；角落里，一个醉汉正朝沟边撒尿。他转过头来时和雨果打了个照面，雨果觉得那张通红的宽脸似曾相识。他突然感到酒在舌头上失去了味道，感到厌倦和疲惫，扔下几个钱便上路了。

雨果走过灰蒙蒙的田野。天光渐渐暗淡，他眼前模糊起来，觉得怀里那颗心越来越重，越来越沉，直到把他压垮在草地上。夜幕降临了。某个村庄的喧闹远远地传来。他能看见那里的画面像书一样一页页翻过去，人们在每一页上吃喝、欢笑、跳舞、呕吐，仿佛没有心。这本书没有尽头，能够翻到世界末日。人群的声音渐渐消散在深不见底的夜色中。寂静降临了，这是不属于这个世界的寂静，是梦特有的寂静。这寂静中有隐隐的流水声。啊，这是谁的梦呀，这个梦不属于我。雨果意识到，他窥见了心的主人最后做的梦。是梦的重量把他压垮了。这是雷米在莱茵河边所做的梦。他的灵魂或许比任何灵魂都急于抛弃肉体，他的肉体也比任何肉体都执着于灵魂。无辜的肉体对灵魂的决绝感到困惑、委屈、愤怒；无辜的灵魂却不知要对谁表达困惑、倾诉委屈、发泄愤怒。在这颗年轻的心里，它们就这样角力、争斗、撕扯。还从未有哪颗心经受过这样的折腾。"噼啪"，连结灵与肉的纽带扯断了，年轻的心就碎成了两半。我们常说某某人心碎而死，却很少有人真的去剖开胸膛，看看那颗心里面究竟发生了什么。

雷米曾经祈求过老师出现在他的梦中。当他不再做活人的梦，却终于得偿所愿。他看到自己站在幽暗的"红"里，眼前是科隆人约翰孤零零的、敞开的躯体，平躺在光秃秃的地上，巨大的切口里漆黑一片，深不见底。雷米捂住了脸，因为害怕也因为愧疚，仿佛再看下去就会被它吞噬。

"不要害怕。"雷米终于又听见了最熟悉的嗓音。这是他亲爱的老师温柔的嗓音。当科隆人约翰失去肉体，看到浩瀚的死后世界，便陷入了谜样的、对雷米来说则是残酷的沉默。我们的语言还无法很好地描绘那个世界。他也许意识到，生前的滔滔雄辩与皇皇鸿篇，在它面前不过是走样的影子、渺小的尘埃。他也意识到，也许身体的开口才是真正的眼睛。当我们敞开了肉体，我们也终于开辟了让心通往外界的道路，比任何时候都看得更清楚，也让人真正看清了自己。也许血肉应该有这样的意义。他对雷米说："不要害怕这躯体，靠近这躯体，摸摸它的里面……"

雷米怯怯地挨过去，和老师并肩而躺，把手放进他摊开的掌心，把脑袋倚在他的肩头。他们头一次如此亲近，活着时也未曾如此依偎。

"原谅我，老师。"雷米说，"我把你的心弄丢了，也厌倦了我的肉体。我太累了。老师，在神眼中，我们的肉体究竟是什么，灵魂又是什么呢？"

"我也不再知道了，雷米。但人们一直说，神是俯察肺腑心肠的神。"

"怎么，莫非神也会像这样，把手探进人的体内翻腾搅动吗？"

"不仅如此，他还会把你的心在手中握紧。就像你曾把我的心在手中握紧……"

啊，这些落进肺腑的水滴是什么呢？原来失去肉体的人也会有泪水。也许对死去的人来说，未知的世界仍然十分广阔。雷米最后听见老师说："你靠近这伤口吧，雷米，看看里面是不是有一片星空，中间有没有你曾寻找的那一颗星星。"他犹豫着，向老师敞开的伤口探身过去。深渊般的开口忽然变得无限广阔，洪水般的星星流泻出来，淹没了两人的身体，洒满了黑夜，每个星宿都清晰可辨。从天顶的小熊星座中，站起来一个披斗篷的年轻女人。

"我又看到你了，"雨果忍不住说，"祝福你，垂怜圣母，用斗篷荫庇所有梦的千梦圣母。可是我没力气再走了，这颗心太沉重，我抱不动它了。"

　　"起来，雨果。"披斗篷的女人说，"你不认识我了吗？我是圣母的使女，是你画下的乌尔苏拉，是科隆、少女和旅人的保护人。我帮助迷路和跌倒的人。这梦不是你的，你要描绘的梦还没有到来。"乌尔苏拉提起自己的斗篷，里面转动着无数星宿，每个星宿都是和她神似的少女，从中还能看到佛兰德圣女露特加德和贝居安少女露特加德的脸。雨果匍匐在地，啊，原来这便是一万一千贞女：一万一千是一个无限的数目，是一个饱受祝福的数目。加上乌尔苏拉本人，就是一万一千零一，就是比无限更广阔。世界是一条逆流的河，也许乌尔苏拉和她的女伴们比任何人都更懂得它的意味。也许是意志让她们逆流而上，任意远航。船托举着知晓自己命运的一万一千零一个少女，驶向她们的死地；通过死地，驶向最终的自由。她们的血染红了河流，而乌尔苏拉抛弃了肉体，上升到星空，成为了指引旅人的小熊星座，因为乌尔苏拉这名字就意味着小母熊。"经过一万一千零一人的鲜血倒灌的莱茵河容纳一切，"乌尔苏拉说，"河底无所不包，它容纳了王国的废墟，也容纳了饱受折磨的心和肉体。而你的时刻尚未到来。起来走吧，雨果，在肉体消逝之前……"

　　从当时"红"的编年纪事上，人们能读到这样的段落：
　　"1481年施洗约翰节过后，雨果弟兄完成委托，从科隆返回，并将'无处安放的心'带回了'红'。托马斯院长为圣物的回归举行了隆重的仪式。圣物安放于圣龛中的时刻，整个苏瓦涅森林都颤动起来，仿佛有了脉搏。"

在托马斯院长的眼中，雨果返回"红"的那天，怀里抱着"无处安放的心"，看上去几近衰竭。从科隆归来后，他变得更加沉默。他把自己关在画室里，开始没日没夜地画画。有一天，托马斯院长终于按捺不住，把雨果叫到了他的书房。他从四处摊开的书卷中抬起脑袋，活像正置身迷宫正中央，请求过路人好心扔给他指路的线头。

他问："雨果，你不想知道故事的结局吗？"

雨果不知道如何回答。他不必再听托马斯院长讲完故事了，因为他知道的甚至比后者所能讲述的更多。他只是简单地说："我梦到了故事的结局。"

院长有点失落，也有点好奇："什么叫你梦到了故事的结局，和你的'梦'有关吗？你这趟旅行都见到了些什么，能讲给我听听吗？"

可是雨果该怎么说呢。他迟疑地四下张望，偶然瞥见一本翻开的书，纸上写着这样的话："……就如眼睛挨着眼睛，镜子对着镜子，形象贴着形象……"他愣愣地望着这行字，仿佛要被它吸进去。

"这本书是《永福之镜》，"院长说，"你也会对神学感兴趣吗，雨果？"

"我对神学一窍不通，"雨果回答，"不过我认识写下这句子的人，他在'绿谷'游荡，说话有如天使那样难解，他让我看到的景象，我终生难忘。"

"你看到了什么，雨果？"

"我看到了苏瓦涅森林的全貌，森林上空是倒悬的深渊；看到夜的正中央是一棵发光的椴树，每片叶子比一千把火炬还要刺眼，树下的人胸中有千面形象，每张脸上有无数眼睛；他对我说话，把我领出了森林。"

"可他已经是死去一百年的人了，雨果。"

"是的，我看得出来。"

"这么说你梦见了他。"

"可以这么说。我还梦见了许许多多东西，我梦到一颗心的挣扎和碎裂，梦到荒漠几乎把它淹没；梦到了两颗心的主人互相依偎；梦到了星空中的一万一千零一个圣女，其中一个扶起了我，把我带回了'红'……如果这些全都是梦，谁知道我们现在是不是也在做梦呢？"

"啊……"托马斯院长并不期待这样的回答，不期待雨果把线团抛到脑后，义无反顾走进迷宫跟他做伴。造迷宫的人太多，拿线团的人却太少了。他最后忧伤地说："你把这本书拿去读吧，愿这位与镜子为伍的扬继续指引你。愿你把你看到的一切画下来。只要你在'红'，'红'就会庇护你。就像千梦圣母庇护所有人的梦。"

雨果伸出双手，握住托马斯院长的手吻了很久。院长叹了口气，谁知道哪一个人的手更值得被反复亲吻呢。

对于雨果生命中的最后岁月，人们所知甚少。在"红"的编年纪事中，只能找到这样的记载："从科隆回来后，在托马斯院长的委托下，雨果弟兄开始为'红'绘制一组大型祭坛画。院长免除了雨果弟兄的一切杂务与祈祷职责，好让他专心绘画。雨果弟兄因尘俗的名誉与院长的偏爱，招致了一部分弟兄的微词。在绘画的间歇，雨果弟兄便一心扑在一本不知名的佛拉芒语书上，活像要将它整个吞进腹中，如同使徒约翰吞下启示录的书卷……"

我们的雨果或许有某种预感，知道命数像失控的马，载着惊惶失措的骑手，无可挽回地奔向深渊。他不清楚马背上的骑手是谁，是他自己还是别的什么人。他只好画呀，画呀，有如蚂蚁赶在寒冬之前贮存谷粒，直到那匹马绊倒在地，把骑手甩落，又嘶叫着踏过了她的身体。这是什么声音呀？是骨头折断的声音，还是树枝碎裂的声音，又或者是梦碎裂的声音？啊，雨果很熟悉这梦的主人。猎手们慌慌张张跑过来，还有仆从，还有侍卫，还有随臣，还有马克西米连，大伙围拢了不省人事的玛丽。太蹊跷了，勃艮第女公爵出猎无数次，向来骑术高超，那匹马准是中邪了，上帝保佑我们的女主人。人们把浑身是血、奄奄一息的女公爵抬回了布鲁日的宫殿，把她安放在大床上。

　　她昏迷了好几次，嘴边一直断断续续地往外冒血。这回，她前所未有地感受到了树的力量，它的根紧紧缠住她的胸骨，让她喘不过气了。

　　"我要死了。"她艰难地说。

　　"不幸的公主，"树上的公主说，"人们期待你活，你却要死了。有人天天盼着我死，我却活了那么久。"

　　"啊，我梦见你的次数如此之多，却从未听你讲过你的不幸。"

　　"不，"树上的公主说，"我猜想，也许不是你梦见我，而是我梦见你，你是我梦中的幻影。毕竟，你死时我还太年幼，你不知道你的儿子娶了我，你的孙子幽禁了我，等我们都死了，我的孙子你的重孙会仇恨你的人民，他的士兵正蹂躏你的故乡，我们的故事就是在这风暴里讲出来的，也许还有更多，但我看不清了。"

"你说的话疯疯癫癫，我听不明白。"

"我也不全明白。他们叫我疯女，也许我真的疯了，我想要的太多，容身之处却太狭窄，只好整天做梦。"

"于是在你的梦中，我梦到了你……也许我们应该知道彼此的名字。"

"我已经知道你的了，玛丽，在我来佛兰德时，布鲁日还能看到你的画像，人们是喜欢你的，我也喜欢你。"

"你真好，希望我死了以后永远做梦，那样我们可以像树一样永远相连。"

"谁知道呢，我们活着时做的梦，和死后的梦并不一样，不过没有关系，地上有那么多的国家，那么多的公主，或迟或早，我们所有人都会血脉相连。"

"你还没有告诉我你的名字。"

"我叫胡安娜。"

"谢谢你，胡安娜。"

"是我谢谢你，玛丽。"

这是两个女人最后的对话，间隔广阔的土地与蜿蜒的时间。梦的往来是自由的。勃艮第女公爵又醒来了一次，并且当着廷臣、使女和她丈夫的面，口授了一些遗嘱。文书郑重而悲痛地记录着，但人人清楚女公爵的愿望无足轻重。这之后她又陷入了昏迷，并且再也没有醒来。在她死亡的时刻，根特和布鲁日的好几个作坊仍在埋头赶工，把她的瘦削身形描到染成紫色的羊皮纸上。举行宫廷葬礼时，布鲁日的市民借机饱餐了好几顿，其中只有少数几人互相碰了碰杯，敬早逝的公主——"可惜呀，命运弄人。"玛丽和大胆查理在大教堂并肩而躺。父女俩的躯体都破破烂烂了，不过封上墓石，放上黄澄澄的卧像就气派非凡，但愿人们都只记得这个模样。据说马克西米连常常在那些日子中喃喃自语："不，这不是真的。"他的话究竟是不是真的，我们已说不清楚。我们知道在他面前还将有上升的命运。

可没人知道，勃艮第的玛丽死去的那年，"红"修院里也死了一名修士，他曾是来自根特的画家雨果大师——据说生前饱受忧郁与疯狂之苦，死前最后一刻还在画画。他没有石棺也没有卧像，而是按规矩直接埋进土里。我们不知道谁的逝去对佛兰德伤害更大，也许这一年曾有无数持剑天使掠过她阴沉的天空，也许两人的命数同样隐秘地连在了一起。没有几个人看到他最后画下的祭坛画，据说，他把看到的一切与梦到的一切都画进了里面，人站在画前便感觉寒冷。根据托马斯院长的授意，这组祭坛画就放在"无处安放的心"的圣龛背后，陪伴它许多年，直到百年以后佛兰德开始焚烧圣像。

"啊，一个疯疯癫癫，分不清梦境与现实的画家，他的画真有这么神奇吗？"

"别忘了，我们在佛兰德，而雨果正是佛兰德的画家。这个地方或许不长于行动与创造历史，像西班牙那样，却是此刻世界上最有能力描摹现实和叙说梦境的土地，就仿佛一枚凸面镜，世间万物都包罗其中，纤毫毕现；而梦境，这神秘的世界，就仿佛镜子对面又放了一枚镜子，镜镜相映，便有了无以计数的镜像、无限纵深的世界。谁若是看见这景象，愿他能将它描绘出来。若是不能，愿他至少与沉默相配。"

IX 万物的根源是圆

扬不再说话了。

"故事就这样结束了吗？"堂·迪亚戈问。

"我只有一夜，"扬说，"就一夜来说，故事已经讲了很多。这就是我所能讲的关于雨果画作的一切。也许还有更多，但我说不清了。也许我不谙于结尾的艺术。大概你听过的东方故事每每都有一个精彩的结尾。"

"东方故事的结尾都大同小异。"堂·迪亚戈说，"经过无数的冒险与考验以后，主人公凭借智慧与勇气，得享富贵，一生幸福，直到迎来最后一个客人，她便是友朋的分离者，宫殿的毁灭者，以及坟墓的建造者。"

他们默默回味着最后的三个词。

"天快要亮了。"扬说。

堂·迪亚戈起身望向窗外，天色混沌，还没有日出的迹象，然而那种夜之将尽、拂晓迫近的气氛，人凭本能就察觉得到。堂·迪亚戈背对着扬，忽然感到自己的手被他的手握住。啊，就算之前多么冷静，到这个时刻，任谁也无法从容不迫，无法不抓紧身边的什么东西。堂·迪亚戈感到自己的手触到了一块暖热的地方，感到了那里纷乱的、绝望的搏动。他意识到，这是真正的心跳，是还活着的人的心脏。这是扬抓住他的手，贴在了自己心口——谁知道那颗心还能跳动多久呢？堂·迪亚戈惊讶地转过头。在幽暗的天色和跃动的火光之间，他看见扬抬起头，看见淡金眼睑下的幽黑眼珠，让人想起故事中倒吊在餐桌上的鹿的眼睛。沉默比乞怜更好——尽管这生灵将忍受被刺穿，被剖开，被探入，被掏尽，随着屠戮的节奏轻颤，在火和一桌子丰盛的残羹冷炙中间，成为被吞下的肉。

堂·迪亚戈听到扬嘴里只念着一个名字："圣扬。"他不是在呼唤自己的修道院。说到底，这修道院本来也不属于他。说到底，修道院的一切将在白天交付法庭、任凭处置，就像他本人一样。扬是在用自己的语言呼唤圣约翰，呼唤自己的守护圣人。圣约翰从无始无终的时空俯视他们。他熟悉每个叫他名字的人。如今他已不是任人放逐的老人，更不是懵懂瞌睡的少年，而是在天地间任意往来的圣徒。他叹息道，活人的躯壳纵然脆弱不堪、转瞬即逝，却轻易囚禁了他们的心灵，阻隔了它们的往来相通。啊，那些活着时就用肉体感受过永恒的人，那些额头贴在心口、手指嵌入肋旁、箭簇刺进心房，从而获得至福的人，怎能理解为肉体所困之人的悲哀呢。在圣徒眼中，这些躯壳的接触往往如此肤浅；纵使肉体有时候感受得到彼此的深入，然而藉此真正心神交融的人，从来也没有几个。科隆的约翰也听到了这叹息。他的心沉落在遥远的莱茵河底，就算是拿它当饵的鱼，子孙也已多如繁星。西班牙的约翰也听到了这叹息。他把自己关在斗室里，草拟起诉书，感到每写一行字，身上就刺痛几分。他摸了摸自己的胸口，苦修衣下面的旧痂渗出浓稠的血。他深知用笔划去一人的生命，自己的血肉也要被剜去一块。而西班牙征服者听到了佛兰德的约翰的叹息，听见他低声说："也许人人都要在心上寻找一个这样敞开的伤口，打开通往这道伤口里面的路；这么一来，也许人们就能心意相通……"他的每一声叹息都引来了无数回声。这是千梦圣母的叹息，是贝居安女孩的叹息，是一万一千零一个少女的叹息，是忧郁画家的叹息，是失去心的人的叹息，是心碎的人的叹息。我们抱紧这个讲故事的人，就像同样拥抱千梦圣母，拥抱贝居安女孩，拥抱一万一千零一个少女，拥抱忧郁画家，拥抱失去心的人，拥抱心碎的人。如果我们知道，拥抱他就是拥抱所有这些人，消灭他就相当于消灭所有这些人，是否就会在痛下杀手之前慎重考虑了？如果我们能洞悉，人们曾在哪个时刻达到过怎样的契合，如果他们自己知晓曾在什么时刻达到过这样的契合，如果能攫住孕育、飘忽、深藏的所有念头跟思绪，加以描绘，加以传达，或许故事就不会满是失落和遗憾。

天明时分，雪停了。两个人恰好都靠在窗边。佛兰德的冬日早晨似乎比夜晚还冷。透过窗台的积雪，光线映亮了屋子，壁炉、幕帘、灰墙、桌椅、杯盘，一切忽然显得单调、苍白而寒酸，仿佛夜晚施加的魔法失了效力。征服者终于看清了佛兰德人的面孔。他们终于看清了彼此的面孔。外面走廊上传来了跺脚和喧哗的声音。

"我该走了。"西班牙人说。

"上帝保佑阁下。"扬依然这样说。他看着西班牙人穿戴整齐，走到了门口。

堂·迪亚戈的手已经搁在门把手上，却转过身来，捡起扔在角落的圣髑匣。堂·迪亚戈捧着它说，"你说过，这颗心现在任我处置了。"

"是的。"扬答道。

堂·迪亚戈毫不犹豫地取出里面装圣物的小玻璃瓶。说到底，金圣髑匣不过是躯壳，而圣物不过是难以觉察的一小块。

扬眼看着堂·迪亚戈脱下外套，扯开衣领，把它跟自己的十字架项链串在一起。

"我将戴着它出海。"西班牙人说。

啊，出海，无论这颗心的主人，还是无数曾亲吻抚摸它的人，还没有谁真正见识过大海。它会贴在西班牙人胸前，一直下到奥斯坦德港口，再继续它没有安歇的旅行。也许这就是它本身的意志。

扬探身到堂·迪亚戈胸前，最后一次拿起那颗心吻了吻。

"再见。"

"再见。"

他们轻描淡写地告别，尽管每个人都清楚他们不会再见。

我们不知道扬的命运，不知道他怎样受审讯，怎样为自己辩护。也许他没有为自己辩护，也无力为自己辩护，就像许多佛兰德人那样，令人不忍心猜测他的结局。他也许被遗忘在某个黑牢，也可能断送在绞索甚而柴堆上。堂·迪亚戈回到海上，没有再踏上过佛兰德的土地。跟水兵们喝得烂醉时，他往往吹嘘自己在新大陆的冒险，却绝口不提那片土地，尽管他心口始终跳动着一颗来自佛兰德的心。他不会像乌兰斯匹格那样说：先人的骨灰在我心口跳动，而是说："某人的心脏在我心口跳动，我无法说出他是我的什么人，有太多无法命名的事物。"堂·迪亚戈死于西班牙和葡萄牙争夺丹吉尔的某次战斗。在城门下，他的尸体被烧得焦黑，我们无法确定哪种死亡更加疼痛和灼热，只知道他心口洒满另一颗心的余烬，和他自己的残骸混在一起，几乎无从分辨。

　　至于胡安修士，我们不知道跟堂·迪亚戈比起来，他的命运结束得更美满还是更凄凉。他晚年辞去了宗教法庭的职务，隐居在托莱多，一心钻研叙达修斯的故事，希望为一千多年前的祖先写传记。他将叙达修斯的故事改了又改，但由于缺少另一位友人的资料，故事永远无法完整，就像永远见不到月球的背面。祖先无可更改的命运，使他心急如焚，活像是在观看一出戏剧，明知眼前的主人公即将走向不幸，本人对此毫无察觉，而自己在下面干着急却无能为力。这部传记终究没有完成。胡安死时默默无闻，在焚烧他散乱的手稿时，人们找到了这样的几行句子，仿佛他在与笔下人物直接对话："罗马即将覆灭，高耸的城墙和水渠必将倾颓，狐狸在石缝间筑巢；而你，你所关心的仅仅是不知何时、不知从何方到来的回信；你可知道不会再有道路，不会再有信使，大道上散落着恺撒头像的银币，也不会再有人捡起它……"

X 在布鲁日停靠

携带画的乘客不再说话了。故事从午夜讲到了拂晓，两个乘客已经能在天光中看见彼此的脸。他们神色都有些茫然，就像刚经过一段长而昏暗的隧道，再见到光时便不得不眯起眼睛。对面的乘客也沉默了许久。看得出他有话要问，却迟迟不开口，仿佛他那些问题已经被别人问过了。

当经历由暗转明的时刻，人对宇宙的看法便分为了两种：一种将生命比喻为夜间穿越一座灯火通明的房子，生前死后都是茫茫黑夜；另一种则认为，生命之旅就如白日里穿越洞穴，活着时才恰恰在黑暗中。那么我们刚刚进入了哪个阶段呢，是生命的起点还是终点？前方将一直明亮下去，还是会再次进入黑夜？现在到哪儿了呢？既然天已经亮了，我们可能已经穿越了大半个佛兰德。两个人都听着列车前进的隆隆声，行李架上的画静静俯视着他们。

"我始终好奇您在雨果·凡·德·古斯的画中看到了什么，"对面的乘客说，"画框里的手记又是怎么写的。"

"我知道，我的故事难以服人。"携带画的乘客声音有些干涩，"或许这些都是我的臆想，画框里的手记或许也是某位先人的虚构之作，通向别的故事；但从哪里开始是臆想，哪里开始是真实呢？我们不知道雨果的画经历了什么。故事中的人物并没有实现他的愿望。扬的悲惨结局，也许让修道院的圣物被随意处置和变卖。也许堂·迪亚戈身不由己，无法完成他的心愿。毕竟，我在布鲁塞尔找到画时，它被遗忘在古董市场的角落，并没有被送往西班牙。我能找到的，也就是这么一小幅。我们不知画被谁肢解，不知它被分割成了多少份，落入何人之手，究竟散落在哪些地方……"

"我不认为您的故事全是臆想。"对面的乘客说，"也许某种不可抗拒的力量，让您上了这趟火车，拉开了这节包厢的门，将这幅画置于我的头顶；如果画里真的有无以计数的镜像、无限纵深的世界，也许我们都是其中的一环。"

携带画的乘客听见这话，感到背后一震，不清楚那是来自铁轨的撞击还是内心的悸动。他低下头，这时才看清旅伴手边的书——《比利时古代历史与文献学档案》，1940年布鲁塞尔出版。

"啊，"他脱口而出，"我记得，您研究古代历史。"

"您别笑话我，"对面的乘客说，"这期杂志发表了我的一篇文章。不，严格说来是半篇。"

"为什么是半篇？另一半什么时候发表？"

"不会再有另一半了。"

现在，他不会听不出旅伴话中的苦涩。"样刊是在我动身前送来的。"旅伴继续说，"我本想把它扔进垃圾桶，可还是无意中带上了车。一个没有结局的故事，人们还是会读它，会惋惜，会猜测，甚至自己续上结局。但一个没有结论的研究算什么呢？直到您拉开包厢门，我们开口寒暄，直到您放下行李，我们对面而坐，我都在想这个问题。然后，您开始讲故事了。我并没料到，在某一刻，我的疑问有了解答。作为回报，我也愿意给您讲一个故事，算是对您的故事的一个注脚。"

"啊，后半篇文章，您要用故事讲出来……"

"是的。而您将是唯一的读者……我不知道。我口才有限，也许不能像您讲的那样好。"

"不，我洗耳恭听。"

"好吧，我先前跟您说过，我住在奥斯坦德，时不时去一趟列日。每次，我在相熟的旅馆租个房间，就一头扎进这一带的图书馆。多年来，我都在探索古罗马时期比利时人留下的文献。

"任何一个中学生都能背诵恺撒著名的开篇：'高卢全境分为三部分，其中一部分住着比利时人……'据恺撒说，他们是高卢人中最勇敢的一支。我不想枯燥重复罗马征服高卢、比利时人同日耳曼人的渊源，以及这里成为罗马行省的历史。我们不清楚高卢比利时人何时接受了基督教，但在《信经》形成的时期，他们确实已在大公会议上占据了一席之地。在漫长的时间中，流传至今的古籍固然有限，可我们连这些也知之甚少。在我看来，这工作就像拼拼图一样，常常错位，常常丢失，却渐渐组成了我们祖先的历史，只是没人知道这拼图最终能有多大。也许我暗地里有着不切实际的幻想，盼着发现一篇伪经，或者几封奥古斯丁佚失的书信。我的发现没那么有戏剧性。《圣马丁传》《编年史》《通厄伦人史》的某些抄本附录了四世纪通厄伦主教们的作品和书信，大多平淡无奇，没人留意。起初，我粗略翻过它们，却渐渐被其中一对通信者吸引。我开始留意关于他们的一切。抄本零散而断断续续，要确定先后并不容易。把能找到的信读过一遍后，这个事实深深震撼了我：在漫长的岁月中，两个朋友艰难地通信，超然于相隔遥远、路途凶险、蛮族肆虐，更超然于一个帝国的衰亡，却仅仅讨论了一个假想的问题：如果某人取代某人，世界将变成什么样子！

"……没错，您肯定早已猜到了，这便是胡安修士讲的故事。古时朋友分别，会锯开一块铭板，一人拿一半，以便重逢时相认。叙达修斯与爱梅卢斯的命运就像两半铭板，彼此相抵又彼此相合。它们丢失在时间的缝隙里，也许直到现在才得以拼合。胡安在故事中追溯了他的祖先，而我现在要讲的是我们的祖先。您提到过，胡安在编纂祖先的生平时，忍不住透过字母，直接同他讲话。我也忍不住想透过您的故事，在消逝的音节中间对胡安说：'您好，修士，我来自月球的背面；也许您对我们并无好感，但您的祖先曾一直梦见我们脚下的土地……'

"我们必须承认，和他显赫的友人相比，爱梅卢斯的生平晦暗成谜。只有很少的抄本提到了他的名字，留下了有关他的只言片语。有的文字一代一代传抄，渐渐也就走了样。如果我们相信这就是叙达修斯的友人，那么他很可能就生于通厄伦。在您的故事中，雨果和雷米都曾取道通厄伦前往科隆，他们脚下的大道在罗马时代就已存在。它是比利时最早的主教城市，直到被旁边的列日取代。他祖上或许出过几位军官，甚至在罗马禁军任职，隐退时就把刚兴起的新宗教带回故乡。到了他那代，通厄伦把守军商要道，繁盛一时，家族也颇为阔绰，能把他送往罗马学习，在那里他认识了叙达修斯。也许家乡的某些变故让他不得不返回通厄伦，出于情势或家族传统，爱梅卢斯在通厄伦的教会担任了要职。

"接下来的事情，叙达修斯没有意识到，讲故事的胡安也没有意识到；又或者他们在某一刻意识到了，却出于某种缘由，没有明说。爱梅卢斯在故乡扎根以后，也许受当地习俗浸染，转向了某种神秘学说。有关这一流派的具体信条，我们所知甚少。或许它和普里西安的教派很相似，最终也因灵知色彩的教义被斥为异端。我不敢断言爱梅卢斯撰写了假托约翰的某些伪经，但他很可能抄写过其中几篇。如果我们相信叙达修斯的界定，相信约翰教派确实存在，相信他们声称彼得窃取了教会首席，主张教会应由约翰统领，那么，爱梅卢斯无疑是约翰教派的信徒。但我要说，爱梅卢斯一生忠诚不移，没有背弃过他的朋友。两人都意识到某位劲敌与自己遥遥相望，却都不知道此人就是自己的挚友。他们一直讨论着年轻时的议题，仿佛充满动荡的世界里，仿佛漫长时间的艰难通信中，在笔下还能够维持青春、温柔与信任。两人在信中只谈志趣不谈现实的习惯，听上去难以置信；又或者，就算触及某些要害，他们也都避免从字面意义理解信的内容。两人就像在午后惬意地对弈，让几个不朽的名字在棋局中游走、交手，几盘输赢无损于情谊，因为一切不过是在假想中推演。若要解释他们奇异的命运，除此之外别无他法。当他们放下情深款款的信简，投入神学写作，他们就是敌人。叙达修斯断然不会想到，当他在全罗马的大道上奔波论战，右手举着约翰教派的伪经加以痛斥，左手揣着的信却也出自同一人之手。

"爱梅卢斯会知道得更多吗？他应该早就听说，西班牙几位主教立志剿灭约翰教派，却在信中保持了沉默；又或者，两人剖白自己的信从未送到对方手中。命运阻止了信使，让它们四散在路上。罗马衰亡时险象丛生的大道，或许决定了人们动荡不定的命数，爱梅卢斯想必对此感触更深。他可能目送主教们踏上大道，在某次大公会议上撞见叙达修斯；他一生历经好几次蛮族的围城，眼见大道上路石逐年破败，商旅不再往来，连军团都逐批撤离，把他们抛弃。当篡权者希尔瓦努斯任由法兰克人侵入边境、大肆劫掠，他眼前想必满目疮痍。甚至今天，考古学家还能找到城市受摧残的痕迹。有人梦见燃烧的手将条条大道从地上抽走，像从水中抓鱼，我们分不清这是谁讲给谁的梦，那是两人通信中断最久的时候，直到尤里安解救了高卢。从他的演说中，人们才得知那里的惨象：'蛮族的蔓延，几乎使道路全部中断；凯尔特人¹也无法放牧他们的牛羊……'这位年轻的恺撒亲自击退蛮族，下令加固城墙，在罗马上下获得了广泛的尊敬。就算如此，有些东西也永远地毁了。爱梅卢斯怀疑力量，怀疑物质世界。与叙达修斯不同，他从未对尤里安抱有憧憬。我不免想象，当尤里安收复通厄伦时，这位叛教者和这位异端分子是否曾在城中碰面；两人都将败给同样的东西，由此才被冠上这两种残酷的称号；假如他们知晓这一点，或许能够珍惜眼前短暂的相会。

"爱梅卢斯坚信，蛮族迟早会永远占据城市，毁灭罗马，可他没有活到那个时候。如果我们相信某些史书的说

---

1 凯尔特人：生活在莱茵河以西的高卢地区，即高卢人。

法，高卢日耳曼一带也深陷于教义与派系斗争。当时篡权者马克西穆斯驻扎在特里尔，他受叙达修斯鼓动，下令处决了普里西安和他的同党——这也相当于给当地的约翰教派判了死刑。骄傲的西班牙人不知道自己有多么接近他的朋友，又有多么临近他的末日！人们按照他编写的小册子搜寻约翰教派，最终毁了爱梅卢斯。我们不清楚爱梅卢斯的结局。《编年史》只提到他被放逐，远离家乡，身边只跟着一位少年人，可能是他唯一一位不离不弃的门徒。他还能活多久，还能去哪儿呢？他的故土本就接近罗马的尽头。我们只好祈祷，尽头的尽头将引向另一段旅程，一切将从头开始。我觉得，叙达修斯最终不可能不知道，正是他亲手毁了自己的朋友。如果我们相信胡安的说法，爱梅卢斯的信没有在西班牙保存下来，也许是叙达修斯怀着复杂的心情销毁了它们（也许我们会在他的墓中找到那些信，谁知道呢）。也许正是因此，他在最后几封无法送达的信里满怀歉疚。

"我誊写、注释了第一批书信，就罗马晚期文人的通信状况发表了一篇文章。我许诺会在下一篇谈谈爱梅卢斯本人，重建他的想法和一生，但要等到素材更加充实。直到前不久，我还在通厄伦某个图书馆发现了新的信件。那是爱梅卢斯在法兰克人围城时写给叙达修斯的信。我一直在寻找这样一封信，潜意识觉得它应该存在——人在围城之中不可能不写信。

"回想起来，那些天发生的事意味深长。我记得有人慌慌张张闯进图书室，我们都给赶出来，围在一起听广播。我们听到了国王的声音，听到背信弃义、入侵、抵抗和牺性。那是 1940 年 5 月 10 日。三天后，德国轰炸机扫过了通厄伦。

"我的研究始于此地，也终结于此地。说到底，无论在 400 年还是在 1940 年，通厄伦不过是大地上小小一座城。我眼前的景象，也许和爱梅卢斯当年所见相仿。图书馆给炸开了屋顶，遍地都是残砖断瓦和烧焦的纸页。爱梅卢斯的信就这样消失其中，如同水滴混进大海。它的末日迟到了将近两千年，而我还没有誊抄完它。那时我出奇地平静。我满脑子萦绕的都是他写给友人的只言片语。'亲爱的朋友啊，我在上封信说，约翰的温柔无损于教会的力量……不过，也许正是出于怜惜和爱，耶稣才没有让约翰统领教会……彼得正是我们每一个人。他的冲动、暴烈、怯懦，正与所有人相配……在这样一个世界，人们怎会相信，怎敢追随温柔的人……'暮年的约翰只重复一句话：'要相爱，除此之外，任何事都不必相信……约翰是未来的使徒。直到人人不相信剑，不相信力量，不相信罗马，只愿爱和温柔，才配得上那个未来……朋友啊，不要建造高墙，不要追随必朽之城……'

"现在看来，这些句子有点古怪。也许我的记忆有些混乱。也许人在围城之中脑子都有些糊涂。这封信似乎没有送到对方手中。与其说它是对友人的劝诫，不如说是对两人命运的觉察。等到他们都死了，人们遗弃了通厄伦，罗马军团也永久撤离了高卢，君士坦丁大帝在科隆架起的桥也坍塌下来（这件事与乌尔苏拉的航行相比，不知谁先谁后；或许她们的船同样碾压了河道、桥梁和城市）。罗马灭亡了，只有基督教信仰留存下来。它不会知道，曾有两个朋友，一个为它走遍了罗马的每条道路，一个为它葬送了自己。最终，教会就建在这个它又恨又敬的罗马之上。罗马先是驱逐它，然后抬举它，把自己最后的每寸疆土投入了使它崛起的混沌旅程。它依赖罗马的道路树起自己的信条，在这艰辛的旅程中又一砖一石、一草一木地摧毁了罗马。这之后漫长的时间里，人们彼此隔绝，不敢跨出家门，连沟通的语言和意志都一点点失去了。人们彼此联结的渴望无穷无尽，地上的道路却总是有限而易逝。这也许是罗马衰亡时期与《信经》形成时期，所有人一生的写照……"

"女士们，先生们，下一站是布鲁日。"列车上响起了广播的声音，两个人都被它吓了一跳。他们都感到列车的速度放缓下来。历史学者有点害羞地掏出手帕，抹了抹鼻子。

"这就是我所有的故事。"他说，"我所能讲的也只有这么多。您别笑话我。"

"不，您的故事对我意义非凡。"携带画的乘客说，"我感谢您的这份礼物。"

"听您讲故事，和以故事为回礼吗？"

"是的，不仅是我，就连胡安修士也会对您心怀感激的。如果有您，说不定他就会写完祖先的传记。"

"万一真是那样，希望他能网开一面，赦免我们的扬。"

"万一真是那样，或许堂·迪亚戈就会顺利地把雨果的画送往西班牙。那么，今天的我们或许就能够在马德里的美术馆一起欣赏它。博斯的作品就挂在它对面。我们看到的将不是画的碎片，而是整个儿的祭坛画。我们将困惑而着迷地看着它，流连忘返。"

"然后我们一起走出美术馆，在广场边歇歇脚，再一起喝一杯。"

"对。得喝个痛快。"

列车缓缓停了下来。月台上旅客寥寥，只见一队铁路警察，还有几个穿风衣的人。铁路警察打量着他们这趟车，登了上去。两人对望了一眼。携带画的乘客呼吸渐渐急促起来。

"我最后给您讲一个小故事吧，"他低声说，"当然，或许您比我更熟悉它。当暴君不知两个伙伴中谁是俄瑞斯忒斯，愿为他而死的友人就声称自己是俄瑞斯忒斯，此话一出，俄瑞斯忒斯立刻喊：'不，我才是俄瑞斯忒斯！'据说古代剧场上演这一幕时，全体观众都会起身热烈鼓掌。讲这个故事的西塞罗相信友情和牺牲。他说，人们为这虚构的一幕倾倒，如果它真的发生，不知他们会感动成什么样子。善良的人愿意倾听，本能地在眼前寻找美。可是，我很怀疑人与人之间的这种感情能否触动暴君本人。如果他面对这一幕，会同时放过这对伙伴吗？还是会把他们一起杀死呢……"

车门拉开了。一个穿制服的人走进来，看到两名乘客安静地对面而坐，其中一个正读着手里的书。他把手在帽檐上碰了碰，"早上好先生们，请出示车票。这位先生，您从列日上的车？"

"是的。"

"这位先生，您从凡尔代克上的车？"

"是的。"

"这位凡尔代克上车的先生，请出示您的证件。"

"给您，有什么问题吗?"

"喂，你们过来，看看这个……先生，您的证件有问题，请跟我们走一趟。"

"你们这是什么意思? 我不懂。"

"您走就是了! 拿好您的东西。"

"好的，好的，我跟你们走，请不要嚷嚷。"

"您的行李就只是这个箱子吗?"

"就只是这个箱子。"

"这个画框是您的吗?"

"不，先生们。这是我的。"

"哦，列日上车的乘客先生。你们俩认识吗?"

"我不认识他。"

"我也不认识他。"

"好吧，打扰了。日安。"

"日安。"

他被两个穿制服的铁路警察夹在中间，下了火车。穿风衣的人抓住了他的胳膊。他回过头，最后一次望了望列车，眼角红润。这天早上天色仍然阴沉，地上还看得到几摊积水。布鲁日就在眼前。

关于 35712 号案件的报告

（帝国驻军司令部盖章）

布鲁塞尔，1940 年 9 月 30 日

（前略）……根据报告，犯人本应于 1940 年 9 月 1 日在奥斯坦德与英国间谍交接情报。他躲过追踪，于 1940 年 8 月 31 日晚间在凡尔代克搭乘前往奥斯坦德的夜车。1940 年 9 月 1 日早晨，比利时铁路警察在布鲁日车站将其截获。犯人的随身物品为：钱夹，假证件，一个装满衣物的大型手提箱，凡尔代克—奥斯坦德的票根。经过审讯和搜查，没有在犯人身上找到他本应携带的情报。犯人应是使用了某种手段，在列车上将情报转移给了别人。

犯人在羁押期间写下了上述文字，我们认为充满谵妄色彩，许多地方不合情理，不足为信。我们认为他这样做，是为了误导搜查的方向。我们起初在奥斯坦德大力寻找所谓古代史学者，一无所获。最终核实犯人的身份时，结果出人意料：他就是那个学者。犯人的真实职业为通厄伦某中学的历史教师。我们向通厄伦方面发去此人的照片、指纹和笔迹，对方予以了确认。校方补充说，此人业已申请了休假，看来是有长期出门的打算。

在自白词中，犯人假托一名从凡尔代克上车的乘客视角，将所谓佛兰德油画托付给对面座位的历史学者。请注意，实际上，这名乘客在对面所见的人，才是真正的犯

人自己。实际携带情报逃脱的则另有其人，身份不详。他的文字唯独隐去了这一部分。据比利时铁路警察及查票员回忆，根据当时查验的车票，包厢另一名乘客确实持有列日—奥斯坦德的车票，列车到站后去向不明。包厢确实有一个牛皮纸包裹的画框，但不确定它属于哪一个人，这正是执行逮捕时忽略它的原因。我们处罚了办事不力的比利时铁路人员。

事实果真如犯人所暗示的那样，情报被藏在画框里，转移给了同行乘客吗？我们认为同样可疑。我们亦就雨果·凡·德·古斯的画询问了汉堡大学。对方答复说，雨果·凡·德·古斯确有许多佚失之作，很可能分散在欧洲各地，但文字线索太少，亦不知画面内容，故难以确定犯人叙述的真假。

我们调查了此次列车的全部乘客，询问了列日与凡尔代克的车站人员。没有找到有价值的线索。除非犯人在叙述中歪曲了大量地点、人物、过程、细节。鉴于他的精神状态，我们认为这极其可能……（后略）

附录 1 佛兰德镜子编年史

325　　　　尼西亚大公会议。这次会议制定的信条史称《尼西亚信经》。
　　　　　　叙达修斯出生在托莱多。
　　　　　　爱梅卢斯出生在通厄伦。

约 340　　叙达修斯与爱梅卢斯在罗马相识。

约 343　　叙达修斯从罗马返回托莱多。
　　　　　　撒底迦大公会议。
　　　　　　叙达修斯与爱梅卢斯开始通信。

353　　　　叙达修斯当选托莱多主教。
　　　　　　阿尔勒大公会议。

355　　　　步兵统领希尔瓦努斯在西部篡权称帝，很快死于非命。法兰克人趁乱侵袭劫掠高卢日耳曼地区。

356—359　尤里安率军击退法兰克人，下令加固要塞与城墙。

359　　　　里米尼大公会议。

361　　　　尤里安成为罗马皇帝。

381　　　　第一次君士坦丁堡大公会议。

386　　　　叙达修斯战胜约翰教派。爱梅卢斯失去了音信。

约 390　　叙达修斯的最后旅行。

约 4 世纪　乌尔苏拉与一万一千贞女在科隆被杀害。

401　　　　罗马军团永久撤离莱茵地区。

406—409	法兰克人侵入莱茵地区。 汪达尔人侵入西班牙行省。
476	西罗马帝国灭亡。
1309—1378	"阿维尼翁教皇"时期。教廷从罗马迁至法国阿维尼翁。
1310	贝居安会士玛格丽特·波莱特在巴黎被火刑处决，一同被焚烧的还有她的神学著作《单纯灵魂之镜》。
约 1327	埃克哈特大师从科隆踏上前往阿维尼翁接受异端调查的道路，也许病逝在途中。他的讲道在科隆的贝居安会中被传抄下来。
1343	扬·凡·吕斯布鲁克从布鲁塞尔退隐到苏瓦涅森林，缔造了"绿谷"修道院。同时在苏瓦涅森林建立的修道院还包括"红"和"七股泉水"。
1344	雷米带着科隆人约翰的心脏从"红"前往科隆。
1348	欧洲黑死病大流行。"无处安放的心"开始广受敬奉。
1477	勃艮第公爵大胆查理在南锡战死。其女玛丽与马克西米连成婚。
1478	雨果·凡·德·古斯进入"红"修道院。
1480—1481	雨果前往科隆为圣乌尔苏拉教堂绘制祭坛画，并带着"无处安放的心"返回了"红"。
1482	玛丽因打猎坠马事故去世。 雨果病死在"红"修道院。
1492	西班牙军队攻克格拉纳达。 哥伦布发现新大陆。

1496	玛丽与马克西米连之子"美男子"菲利普与"疯女"胡安娜成婚。
约 1539	堂·迪亚戈远征新大陆。 胡安前往萨拉曼卡大学研习神学。
1541	堂·迪亚戈返回西班牙。
1545—1563	特兰托大公会议。
1547	米尔贝格战役。堂·迪亚戈在战斗中立功。
1566	低地国家圣像破坏运动。西班牙国王菲利普二世任命阿尔瓦公爵镇压叛乱。 梅赫伦的扬与堂·迪亚戈在根特见面。
约 1570	堂·迪亚戈战死于丹吉尔。
1940	5 月 10 日，纳粹德国入侵比利时。 8 月 31 日，列日-奥斯坦德的夜车发车。

附录 2　相关王室谱系表

斐迪南二世 —— ∞ —— **伊莎贝拉一世**

阿拉贡国王　　　　　　　　　　卡斯蒂利亚女王

—— ∞ —————————— **"疯女"胡安娜**

查理五世

神圣罗马帝国皇帝

菲利普二世

西班牙国王

附录 3 汉堡手稿

已故汉堡大学艺术史教授的孙女 M 女士（按其意愿隐去姓名）提供了她祖父的一份手稿。据她回忆，这份手稿的写作时间不晚于 1980 年，因为她当年就已读过这份手稿。最近她返回旧宅整理祖父的遗物时，在某个日记本里找到了它。手稿纸张已泛黄发脆，边缘有另一种笔迹的评注。M 女士请求我们的原谅，说边注是她本人"无知少年时的信手涂鸦"。

现全文照录如下：

我一度相信我会忘记这个故事。事情的开头已说不清楚：9 月的某个清晨，急促的电话铃声，闪烁其词却态度蛮横的来访者，一份送到眼前的奇特文件。在不幸的年月里，它也许是最说不清道不明的一段回忆。

文字（我想不出其他适合的字眼[1]）是打字员誊写在稿纸上的。我无缘接触它的原件，来访者也拒绝透露更多。我忍不住想象背后那个讲故事的人。他或许挺有想象力，本人却可能羞涩讷言，难以捉摸。他的名字、身份必然被抹去，他本人也难逃厄运。在这个荒谬的时代，我们多少同僚（我指的不仅仅是德国，而是全欧洲的同僚）被迫流

---

[1] 显然，对方将它称为证据，称为自白书，而我们忍不住想叫它故事。——原边注

亡他乡，或饱受折磨；他们本应有尊严地留在教席上。我想到了赫伊津哈教授[1]。我永远记得他有关中世纪人的精彩论述，《中世纪的秋天》让我头一次对那个时代产生了兴趣，尤其是早期佛拉芒画派的那些不可思议的油画。写下这篇文字的人也说着赫伊津哈的语言，就内容而言，他也必然是赫伊津哈的读者。

姑且先把他的文字当成故事来看吧：作为年轻比利时的第一代作家，夏尔·德·高斯特雄心勃勃，试图以一部《乌兰斯匹格传奇》追寻比利时的根，那便是古老的佛兰德。作者显然也是夏尔·德·高斯特的读者（他也为乌兰斯匹格没边的捣蛋事迹添了一笔），乌兰斯匹格的父亲被西班牙人烧死时，梅赫伦的扬恰好在根特找到了堂·迪亚戈。评论界有一种意见，说夏尔·德·高斯特固然描绘了佛兰德人宴乐狂欢的粗野气质，却漏掉了它的另一半灵魂，那就是中世纪神秘主义的遗产，是能看见幻象的修士修女，是异端频出的贝居安会，是大神学家扬·凡·吕斯布鲁克。据说他正是在苏瓦涅森林的一株椴树下福至心灵，写下了神秘主义的篇章。年轻的梅特林克曾因发现他的作品而兴奋不已，宣称自己找到了灵感与诗的根源，并将它从中古佛拉芒语译为法语，包括《永福之镜》，其中描绘至福的境界时，就有那个神秘莫测的句子："眼睛挨着眼睛，镜子对着镜子，形象贴着形象……"故事的讲法也许受到了这句话的启发：把起先互不相干的形象放在两面镜子中间，就得到了互为映照、无限延伸的世界。当然，一切的故事套

---

1 荷兰历史学者，赫伊津哈因发表反纳粹言论遭到解职，于 1945 年荷兰解放前夕病逝。赫伊津哈生前即在德国颇有影响。——编者注

故事也许都是《一千零一夜》的后代。一切讲故事的人都有意无意受到《一千零一夜》的启发——不一定是故事内容，而是故事的讲法，以及相信故事有影响现实的力量。这种影响可能是潜移默化、不为人知的。故事中的西班牙人隐约感到了这一点：他接触过摩尔人，可能也因此接触过《一千零一夜》的某些故事——尽管他尚不知自己在谈论《一千零一夜》，因为西方发现它还要等到二百年后。

在夏尔·德·高斯特的小说之后，西班牙占领下的佛兰德多多少少成为传奇想象的舞台：两个民族都气质鲜明、个性强烈，历史上竟发生过如此戏剧性的碰撞，不由得让人遐想联翩。在他人面前，我们才能更加认识自己。故事中的佛兰德人与西班牙人每每想要达成联合，想要互相理解，却屡屡以失败和遗憾告终，只除去不存于此世的圣徒（他们依据天主教"诸圣相通"的世界观，在另一个世界达到了融合），只除去幻境中的一位佛兰德女人和一位西班牙女人。在历史想象中，她们各自都是自己祖国的某种象征，各自令人唏嘘的命运仿佛互为镜像。

我不知道讲故事的人是否真的在晚期罗马教会史领域有所发现。显而易见，1940年上半年的《比利时古代历史与文献学档案》并没有类似的文章发表。也许它和其他故事一样，都是历史想象的产物。那个故事有爱德华·吉本《罗马帝国衰亡史》的影子。确认爱德华·吉本的影响，就相当于默许这样一种观念：基督教的兴起与罗马帝国的衰亡密不可分，无论人们更同情哪一方。我对古代教会史了解不多，不清楚是否真有那么一个约翰教派。

我们始终不清楚雨果·凡·德·古斯最后在"红"画

下了什么画。比起雨果的画，讲故事的人也许更偏爱雨果本人。他遁入森林，与吕斯布鲁克相距如此之近，也许受到了感染或者惊吓。他用自己的肉体和心灵承受了忧郁，自己走进画幅，成为了丢勒笔下闷闷不乐的天使。

这篇"文字"没有名字。我想起（或是一厢情愿地想起）藏在字里行间的那位佛兰德的扬，想起他在字里行间的许多镜像似的影子。从佛兰德油画中无所不在的凸面镜，到《永福之镜》的文字隐喻，没有什么比镜子更适合作为佛兰德的象征。没人说得清，当故事讲到哪里时，讲故事的人彻底地改变了听故事的人。他们都不再是一开始的自己。他们之间不仅产生了感情，还愿意为对方赴汤蹈火[1]。我不知道为萍水相逢的人冒险是否值得，也不知道冒险是否取得了成功。不过，毕竟纳粹没有赢得战争，就像佛兰德毕竟没有永远被奴役。

来访者要我答复。我必须答复。这是义务，而不是指点与帮助。他们想听取佛兰德艺术史专家的意见，可惜他们已经把最好的学者赶出了大学[2]。

我说："雨果·凡·德·古斯确有许多佚失之作，很可能分散在欧洲各地；但文字线索太少，亦不知画面内容，故难以确定犯人叙述的真假。"

---

1 我认为不仅仅是指堂·迪亚戈对扬，而且尤其是指火车上的两个乘客。另外，我认为情报没有藏在画里。按照附录报告的线索，犯人交托出去的物品除了画，还有那本没人愿意翻开的学术刊物。——原边注
2《图像学》的作者、艺术史学者潘诺夫斯基（1892—1968），因犹太人身份被汉堡大学解职。——编者注

附录 4 资料散记

扬·凡·吕斯布鲁克《永福之镜》(*Een spieghel der eeuwigher Salicheit*) 节选:

"唯有单纯的眼睛方能观照神。观照神的单纯的眼睛就仿佛一枚活的镜子,是神按着他的形象所造。神的形象就是其神性的澄明。神用这澄明大大地填满了我们灵魂的镜子,以至于其他任何澄明和形象都不能进来。这种澄明并非人神之间的中介物,而是我们眼中所见之物;是我们借以望见的光明,而不是我们自己的眼睛。因为神的形象在我们灵魂的镜子中是没有中介的。这形象并非这镜子,因为神不是受造之物。但神的形象在镜子中的联结如此伟大崇高,以至于灵魂可称为神的镜子。单纯的眼睛凌驾于任何理性与智性之上。它总是睁开的,无时无刻不在观看与凝视。那是一种赤裸的凝视。在这神秘的境界里,眼睛挨着眼睛,镜子对着镜子,形象贴着形象……"

* * *

西塞罗曾经两次谈到不朽之城 (civitas immortalis),都和罗马有关:"如果你想让我们的城市不朽、我们的帝国永存,我们的荣耀常在,就必须抑制我们的冲动,警惕谋划

骚乱的人群"（Oratio pro C. Rabirio, XII）；"如果永远保留热爱
罗马的这份记忆，谁会怀疑罗马不能永世长存？"（Oratio pro
P. Sextio, XXII）

仿虚史

未来的影子

他出走的时候，还不知道要往哪里去……

这只是未来美事的影子，不是本物的真相。

——《希伯来书》

一、星空悬在哈兰之上

他卧在榻上，睁大眼睛，翻来覆去。四下只有蟋蟀的叫声，远处的帐子里隐约传来吵架的声音。"快睡吧，别折腾了。"撒莱小声咕哝着，翻了个身，又睡着了。

等到她喉咙深处鼾声微微作响，亚伯拉罕坐了起来，悄悄走出了帐篷。为了不惊动撒莱，他光着脚。

唉！这时的撒莱哪里知道亚伯拉罕的苦恼。眼下，他接到了两项最奇特的任务：检数天上的繁星和地上的尘沙。这是神亲口交代给亚伯拉罕的，他说，你望望天上的繁星，数数地上的尘沙。自从开天辟地以来，接受这项使命的人类或许还不是很多。我们为何这样笃定？因为自从离开天辟地以来才经过了十几页（具体取决于我们手头拥有的版本、铅字排版的疏密、是否附带注释、手抄本字体的流派、加入插图的多寡，等等）。此时此刻，甚至还没有亚伯拉罕这个人。更准确地说，有他这个人，可尚且没有亚伯拉罕这个名字。他的父亲母亲、叔伯婶婶、兄弟姐妹都还叫他亚伯兰。可怜的小亚伯兰。其实他不小了，都已经七十五岁了。然而照他们看来，只要他还没生出能叫爹爹的小子，就只能管他叫小亚伯兰。当然，实际上不是他生，而是撒莱生，尽管希伯来人的家谱看起来都像是男人生男人。他只是悄悄对撒莱说过："别叫我亚伯兰了，叫我亚伯拉罕，你以后也得改名。""为什么呀？"撒莱问。"我的妻，你要是见过我眼中所见，知道谁趁人不备时来拜访过我，就不会问了。"

亚伯拉罕来到空地上，举目仰望。亚伯拉罕活着的时候，说出这句话的人还没出生："人不能两次踏入同样的河流。"同样，人也不可能两次看见同样的星空。我们说不好哪件事更加复杂一些。我们只能确定，亚伯拉罕看见的星空不是我们眼中的星空。他一眼便望见了北极星，无数次夜晚，他靠着它把羊赶回营地，在繁星下赶路的羊群就像粼光闪闪的池塘。

他想到自己未来的漫长旅程，想到那时埃及、希伯伦、迦南上空的北极星还暂时不会移动位置，就松了一口气。现在我头顶的北极星是天龙座 α 星，亚伯拉罕想，它端坐中天，一切星宿都围着它环绕成圆。埃及人将对我吹嘘他们的天文学，说他们正在修建一座指向北极星的巨大陵寝。唉！可他们没有意识到，看似不动的星星也要移动，那将是一个更大、更隐秘的圆。当我的子孙再次漂泊到埃及时，天龙座 α 星将被小熊座 β 星取代，而他们将仰望着这颗新北极星返回迦南，虽然迄今我还未曾踏上过那里一步；等到他们的子孙再次被迫流浪，又会有一颗新的北极星俯瞰他们。有种说法是星星能够影响人的脾气秉性和命运，大概吧，斗转星移就让埃及人喜怒无常。我们希伯来人就不会这样，因为我们知道如今所见的星星只是夜空的表面，就像巡游的牧民长袍上沾满的尘沙；他的袍子穿旧了，就等傍晚回家，脱下来拍打拍打，卷起来，再穿时翻一个面儿。到那个时候，我头上的北极星将再次成为北极星。

亚伯拉罕打了个寒颤。他裹了裹袍子，把脚埋进尚有余温的沙子里。他想，尘沙就是无限缩小的星星，就像星星是某种无限扩大的尘沙。他感到细沙漏过脚趾缝，而砂石硌着脚掌。他只知道脚下的尘沙里埋着骆驼的骨骼，骆驼骨骼下面的尘沙里埋藏着城市的残骸，再下面则是与人类无缘的地方。他的脚哪有本事踏上尘沙曾经组成的那座火山，也无缘涉足蜿蜒在深山中的晶闪闪的矿脉，更不可能触碰海水中无所不在又无影无形的盐。玫瑰色砂石的庙宇总会坍塌为龟裂的踏脚石，到那时，只有反复切割也抹不掉的层层纹理能让人认出它来，因为每个气泡形的凹陷里都嵌着海洋退去时留下的螺壳残骸……

二、伊斯坦布尔

我们不妨想象这个埋首写作的男人。他就是黑白照片里的那种样子：双目低垂，气质温和，神情肃穆。

他书房的窗子面向恢弘的海岸线。此刻临近圣诞节，天色阴沉，开始零零星星地飘雪。他背井离乡，举家迁到伊斯坦布尔，已经一年半了。在他眼里，城市带有衰败的气象。他每天搭乘有轨电车在新城和旧城之间来回。他从佩拉区出发，经过那些风光不再的领事馆和高级饭店，穿越希腊语和亚美尼亚语交混的店铺和咖啡馆。他知道还有更多的语言、更多的生活掩藏在幽深的大小街巷里。那条漫长的轨道一路临海，沿岸布满了倾颓的，或正在倾颓的帕夏宫殿，那是上百年来的东方游记连篇累牍记载过的——他说不清哪一座宫殿会更持久，是石头的废墟还是残留的记忆，即使亲手写下这些回忆的人已经消失在遍及世间的坟墓里。旧城则由许许多多难解的符号拼接起来：那些浮在表面的、嵌入彼此的、沉入地底的痕迹，即使不是考古学家也能有所体察。他在拉雷利站下车，走进伊斯坦布尔大学，汇入许多像他一样背井离乡的欧洲教师中。

他给西文系的学生讲授但丁。热心的学生操着稚嫩的法语，指着报纸上的铅字替他翻译。那种新的文字几十年前不存在，几十年后也将鲜有人懂："……五百年前，拜占庭博士们逃离君士坦丁堡，用希腊语唤醒了佛罗伦萨和罗马。今天，知识与智慧则从西方迁徙回东方。伊斯坦布尔向欧洲打开大门。这是土耳其的文艺复兴……"他听着，为之赧然。在他眼中，一种旧文字被专横地拆散，笔画飘浮在浮尘中，又以一种新的面貌强行组合在一起。他认识每一个字母，连起来却不晓得它们的意义。孩子们天真的声音机械地朗读它们，就好像世上第一批婴儿在牙牙学语。他想，总有一天，全世界将讲着同一门语言，过着同样的日子，无法再接受任何新的生活。到那时，只有来自另一颗星球的人才能够毁灭我们……

他摊开稿纸，在上面写道：

"……我试图解释，这种思想可以用来理解尘世的历史，也可以用来理解世界的现实。在表面上，它们都呈现为不同时间、不同地点发生的一桩桩事件，还有一个个人物。它们全都存在于时间的川流之中，只有当我们从垂直的方向上把两件事联系起来理解，它们对彼此才有了意义。这种思想贯穿了整个中世纪的欧洲，我们在埃米尔·马勒的代表作里，还能够看到针对许多教堂雕塑的分析……"

　　写到这里，他不禁怅惘地想到自己那套丢失了的《法国宗教艺术》。如今它可能遗落在被遗弃的公寓里，上面到处是满不在乎的指印和靴印；或许它们已经连灰尘都不再是。那还是他多年以前偶然在一间法语招牌的书店里寻到的。他还记得它深红色皮面的触感，以及书架后面不知谁的声音在高谈阔论，像是两个结伴而来的学生：

　　"故事展开时，没有什么比'时间'更能表现'现实'了。而什么样的描写能够完全忠实地再现故事进行的时间呢？是对话。小说家就像录音机一样记录下角色的一言一语。其他种类的描写，都或多或少制造着假象，阻碍时间如实推进。你想想吧，设想一篇小说，从头到尾都是对话、直接引语，连'她叹了一口气，抚弄着裙角，无可奈何地说……'，或者，'他恨得牙痒痒，巴不得她倒霉，但只得装出一副谄媚的样子接道……'都不要有。你读它用了多长时间，故事就推进了多长时间。接下来一篇小说则从头到尾都没有对话，至少没有直接引语，篇幅可以无限延长，想让它多长都可以。你可以描述眼下任何事物的来龙去脉、起源生成和未来。人物的内心意识，一方面来自外部事物即时的唤起，一方面来自内心对过去的回忆……可是故事实际发生的时间可能只是三天，一天，一小时，甚至一秒钟……这种情况有点像《天方夜谭》。"

最后听起来更像是一句俏皮话。他用心地听着，觉得这种说法并不完善，但颇为有趣。他想了想，接着刚才的段落写道："人类的头脑依赖现实和时间，可能就像依赖面包和水。从古代开始，人们就在思考怎样用时间解释现实。一种是现世的时间，一种是内心的时间……"

三、他尚且不知……

他被迫启程，远离故乡。没人记得，起初他究竟是持杖跋涉，还是乘船远航。他尚且不知道，自己的出发点将是别人的目的地，他的目的地则成为另一些人的出发点。他呼吸的空气灼热，带有硫磺的气息。他将看见没人见过的树妖和海妖，活人和死人在他身边交错走过，过去的轨迹和将来的轨迹反复涂抹同一块地方，直到起初薄如蝉翼的纸卷厚如石板。他尚且不知道他将成为许多人的父亲和许多国度争相指认的父亲，尽管那些人和那些国度的脾气秉性都相去甚远。有人在梦中给他展示过一个时刻，其中包含了过去现在和未来。那个时刻的滋味有如新结的果实，最外层酸涩，中间绵韧，内里坚硬。

他尚且不知道自己将被另一个人咏唱，他的形体将化为声音，他的汗珠将化为西风里消逝的节拍。咏唱他的人歌颂爱的胜利，然而他本人尚且不知道，自己的诗句将被拆散，汇入新的句子中去，就像人们拆下旧项链上的石榴石，又嵌入另一顶新铸的王冠。他的句子和别人的句子终于不分你我，就像人们把新酿的葡萄酒倒入陈酿的坛中，滋味彼此融合。他不认识那些句子的主人，他们之间尚且远隔千里，隔着陌生的沙漠、海洋和城郭。人们将分不清他与其他作者的句子，就像舌头尝不出交混的酒。他尚且不知道，他的诗篇将口耳相传，他将认不出那些皇皇注疏竟然讲的是自己的句子。那个句子预言了一个婴孩的诞生，那个没有名字的婴孩将受到万人传诵。他尚且不知道，那个句子将在地里生根发芽，韵脚成为花岗岩基座，句子和它的叠音化作一排排柱廊，其中一个神龛里就站着他自己的影子……他尚且不知道自己终将见到那些句子的主人，也终将见到他最初歌咏的漂泊者，也将被下一个漂泊者咏唱。他们三人将面面相觑，不知究竟是谁从谁的面孔中看到了自己的映像。

下一个漂泊者被迫启程，离开家乡……他尚且不知道自己的归期，也不知道自己的真实面目。传说他死后人们还能见到他的幽魂，这样也算顺理成章，因为他活着时就不太能分清活人和死人的世界，也不太能分清自己与别人的伴侣。人们坚信他常常往来火狱，你不见他连胡子和脸庞都给熏黑了？据他的幽魂声称，他死后才终于获得了真正的生命，终于留在了真实的世界。他和上一个歌咏者并肩走过幽冥之地，见到了第一个漂泊的人，后者却相信自己仅仅是作为影子在那里停留。他全神贯注地凝视自己预示未来的梦，没有把其他人放在眼里。

他尚且不知自己将是但丁眼中的维吉尔咏唱的埃涅阿斯。

四、伊斯坦布尔

"我想提醒读者们注意《玫瑰传奇》和《神曲》的手法差异。"他整整思绪，继续写道，"守卫炼狱山的加图不是一个象征，而是一个被预先描述过的，而如今已被完成、已经显露本真面目的形象。在历史中，他珍视政治自由就如犹太人遵从律法；而今，他已经从转瞬即逝的尘世历史中隐退。在上帝眼中，只有不朽灵魂的自由。但丁向我们传达着这样一种观点，即《神曲》的世界是最终完成的世界，人们的形象在那里得到了最终的揭示，但这种最终的、永恒状态的揭示却更加鲜活，更加血肉丰满。在那个世界，人并未损失作为尘世的人的一切真实，而是将这种真实作为最终的状态固定了下来……"

他的目光落到案头夹着的一张明信片上。上面印着伊阿宋出海寻找金羊毛的故事，画面细腻而古拙。那正是《玫瑰传奇》的手抄本插图。他不用看就背得出后面的字：

亲爱的埃里希：

愿这些小船载着我最热切的思念驶向您。

您的 W. B.[1]

于巴黎，1935 年 11 月 30 日

那还是两年前他在马尔堡收到的。他十分珍惜这张明信片，一直把它夹在自己的记事本里。触动他的不仅是问

---

1 W. B.：瓦尔特·本雅明

候，还是对方悉心挑选图画的心意。就连写全名都有可能招来麻烦，一张画却能承载只有两人才懂的字谜。插图是法国国家图书馆藏本的复制品，寄卡片的人想必常常出入那里，在黎塞留街的某间书店买下了它，匆匆写下几行字，寄回他早早逃离并将永不回返的祖国。这也许是他缅怀过去的一种方式。他们会共同回忆起柏林，两人的住所同在夏洛特堡，仅仅一街之隔。那时他还不过是普鲁士图书馆的小管理员，习惯于帮助腼腆的读者翻找一个个小抽屉里的索引卡片，直到窗外透进来煤气街灯接连亮起的点点火光。如今图书馆在他的脑海中只是一个明亮恢弘的影子。当时两人都在写授职论文，以求在大学谋得一个教席。他们一个研究巴洛克戏剧，另一个以但丁为题。两个人探寻的轨迹偶尔会落到同一张图书卡片上，再从此出发，延伸到相隔遥远的世界，就像一度相合而后永无交集的命运。

此时此刻，寄出小船的哲学家窝在黎塞留街的国家图书馆阅览室里。他的天使比以往更频繁地出现在眼前，他表情惊恐，被飓风裹挟着，面朝越积越高、无可挽回的废墟。法国沦陷的前夜，他永远逃离了巴黎，徒步穿越西班牙的国境线，来到海边，服毒自杀。他的手稿和信件直到数十年后才零零星星地被人发现，就像考古学家在沙漠岩洞中发掘出遗落的教派与失去的经卷。文献学家解读了重重记录，这些泛黄纸张的坎坷经历才像倒带一样渐渐浮出水面：它们从东柏林档案馆蒙尘的铁皮柜子里挣脱出来，返回红军收缴德军档案的卡车里，再退回到巴黎盖世太保的黄色档案夹里；再往前，黑色的印章消失了，曲别针脱落了，它们再度变回新鲜洁白的信纸，返回到巴黎堂巴勒街尚且无人闯入的凌乱公寓里，再度落入收信人的手中，任凭他回想起柏林的往昔、《玫瑰传奇》或是普鲁斯特；他疲惫的眼睛会扫过这样一行文字：

……亲爱的朋友，就眼下世界的状况来看，我越来越强烈地感觉到，我们正身处在神意的巨大玩笑里。

您永远忠诚的
埃里希·奥尔巴赫

那是他寄给本雅明的最后一封信。他无力再触及巴黎，以及深陷在那里的旧友。在上几封信里，他的口吻还不无天真（"目前为止，一切还好……我很难解释我现在的处境……也许他们考虑到我曾经参战为国效力……总之，我还有权利在冬季学期授课"）。那篇在普鲁士图书馆写就的以但丁为题的论文仅仅让他在大学里任教了六年。1935年12月，他接到了校方的"退休"通知。

哎！可怜的人，你永远是这副样子！他听见某个声音这样说。没人比你更会忍耐。没人比你更能自制。你温和，谦恭，顺从。你掌握得住你自己。无论什么时候，你都体面、自持，你就像你应该像的样子。你像你应该像的学究，像你应该像的老德国人，像你应该像的犹太人。可是，你不像流亡者。谁都不知道流亡者应该是什么样子。也没有流亡者能掌握得住他自己。他事先并没有料到，明信片上的小船陪伴着他渡过了内海，他的航路或许一度和漂泊的阿耳戈号重叠，最终在伊斯坦布尔靠岸；在神话的时代它尚且叫作利戈斯，其狭窄的海域还在等待着伊俄化身的牛通过。现在，那片海就在他书房的窗户脚下。

他揉揉眼睛，抬眼望向外面，看见了一切，却又什么都没看见。他知道阴霾中矗立着港口的灯塔，火光忽明忽暗，就像前后燃着两副脸孔的双面神在旋转，照亮的是已经消逝在大海中的舰船、曾经闪亮的甲胄、纪念碑、螺钿别针、手推车、空空如也的罐头盒，上面印的文字不再有人看得懂。在同一片海域上，两支迎面驶来的船队擦肩而过，彼此的影子像幽灵一样交汇，一队由东向西航行，目的地是佛罗伦萨和罗马；另一队由西向东航行，企图在前者起锚的港口登岸。他们都面带惊恐和茫然的表情，不知将来的命运。他们的故乡都在陷落，那种倾颓的力量向外推搡他们，比任何浪潮都要不可抗拒……

五、加拉达图书馆

他端坐在《上帝创造亚当》之下，背靠《新约》，面朝《旧约》。库迈的女先知正对着他的头顶。他的正面是摩西分开红海，往右手边一瞥就是《最后的审判》。

他想，这也许是我们第一次，也是最后一次坐在这里，从容不迫地观看这场人类戏剧的图景。跟它们相比，我们现在上演的戏码有种可笑的庄重，仿佛是对它们的拙劣的摹仿。跟它们相比，我们自己是更真实还是更虚假呢？毕竟，等到我们失去了凝望他们的眼睛，亚当的目光也依然凝固在他得以诞生的瞬间。血肉丰盈的肢体充满了作为戏剧舞台的世界，比我们更无拘无束，比我们更专注，因为他们的生活是剔除了杂质、更加剔透与纯粹的生活，好比从天青石里提炼出审判日天空的湛蓝色。

"这便是图画和语言的不同，阁下。故事从创世纪讲起，经由耶稣的降生讲到无始无终的天国。我们只消投去一瞥，只要不是瞎子，便能将世界的历史和未来尽收眼底。从某种意义上说，图画没有时间。我们所理解的时间也许只存在于语言中。人们每次的祈祷——愿上帝的荣光囊括了今兹永远，并且永无穷尽——实际上是对时间的祈愿。比方说，今兹永远（nunc et semper）有四个音节，舌头说到"永远"时，"今兹"早已成为了过去。我们的语言处于时间的序列之中。"

"难道上帝没有语言吗？众所周知，从他的一句话开始，才有了宇宙。"

"可是我们不清楚天国的时间规律，不清楚他是怎样说出那句话的，他的语言世界是否像这天顶画，那些观看并理解它的人就把握住了时间的川流，从而感到愉悦和震撼……"

他回想着这些对话。我的眼睛也快不行了，他这样想时已经不再感到伤感，即使他不得不戴上老花镜，眯起眼睛把那张小纸条凑到鼻子跟前，才能勉强看清选票上面的名字。真正使他伤感的是，同他谈论过上帝的语言与时间的那个人已经不在了。不久前有人从土耳其捎来消息，那不过是一则迟到的、漫不经心的讣闻，经过层层转达才传到他的耳朵里。

"我永远感谢您。"他记得，这是从对方口中听到的第一句话。他记得头一次见面时对方局促的模样，似乎不知道该怎么问候他，又该怎么称呼他。对方穿得严肃体面，甚至打上了领结，仿佛要去大礼堂发表演讲。他们最终彼此问候说："您好，特使阁下。""您好，教授先生。"身穿多明我会僧衣的修士恭敬地为他们打开大门，领着他们穿过重重走廊，沿着盘旋的楼梯登上阁楼。一股古书特有的甜丝丝的气息涌过来，像夏日的河流一样将他们淹没了。这是真正的图书馆，有条理，有索引，分门别类，把人从混沌与失序的恐惧中拉出来。"米涅的《拉丁教父全集》！"他看见教授兴奋地喃喃着，那种神情就像阔别多年的朋友重又聚首。他从书架里抽出一册对开本的皮面书。翻开的书页面泛黄，印着双栏的密密麻麻的小字体。他轻轻地捻动纸页，仿佛这些脆弱的植物纤维明天就将随风散尽，不复存在。

　　他把一纸盖好印章的文件塞到教授先生的手里，上面用意大利文写着：

　　我，教廷驻土耳其特使安杰洛·龙卡利，请求加拉达圣彼得圣保罗修院向埃里希·奥尔巴赫教授无条件开放修会图书馆及其全部藏书，务必给予其必要的协助。

　　　　　　　　　　　　　　　于伊斯坦布尔，1937 年 1 月

　　教授有点哽咽，又郑重其事地重复了一遍："我永远感谢您！伊斯坦布尔的图书馆和书店杂乱无序，东方文学的研究者兴许能够满意，但对于研究但丁的学者来说，能找到的东西就太少太少了。如果没有这个图书馆，我什么都做不成。"

　　然后他们谈起了上帝的时间，谈起了《旧约》和《新约》。

　　"亚伯拉罕和摩西对您的意义更加重大，因为他们是您的祖先，不是吗？"

　　"真的，我从未考虑过亚伯拉罕与我本人的关系，我本以为我是像您一样去理解亚伯拉罕的。"

　　"像我一样理解亚伯拉罕，这是什么意思？"

　　"我是说，像欧洲人一样理解，像浸淫在基督教文明中的人一样理解。"

　　"可您并非基督教徒，不是吗？"

　　"我不是，我始终认为自己是犹太人，但是，在此之前，我首先是个语文学家。我唯独相信的，是人的语言。是人在这个或那个历史条件下由语言左右的思想。我熟悉《旧约》的语言，我思索亚伯拉罕的命运，比思索我自己的更久。"

　　"那么《新约》呢？既读《旧约》又读《新约》的人应当怎样看待亚伯拉罕呢？"

　　"我有一种模糊的感觉，我好像从加拉达图书馆里找到这个答案了。"

　　有那么一阵，他们的声音淹没在了不息的钟声里。他还记得那是下午三点，是第九时经的钟声。教授突然说："这钟声和我在佛罗伦萨时听见的一模一样。"他是个容易动感情的人，这话让他鼻子一酸。此人像但丁一样流亡，像但丁一样不知归期。如今他终于知道了，教授先生在战争结束后离开土耳其，去了美国。就像但丁没有再返回佛罗伦萨，教授先生也没有再返回他的故国。他以后也帮助过各色各样流亡的犹太人，但其中只有一个人需要加拉达图书馆。我们后来知道了，不如说是加拉达图书馆在等待他。我们还终将知道，究竟是教授先生需要特使阁下，还是特使阁下需要教授先生。

昔日的教廷特使深吸一口气，披上深红围肩。他走向阳台，前方引路的人在扩音器前站定，开口时抑制不住颤抖的音调：

"我要向你们报告一个大喜讯：我们有了教宗！他就是安杰洛·朱塞佩·龙卡利枢机，取名若望二十三世。"

六、伊斯坦布尔

"我们已经略略谈过了这种思想的特征。亚伯拉罕、以撒和摩西的形象预示着未来的基督，等待后者来揭示他们、完成他们。这种思想从垂直的方向上，将历史中相隔遥远的人物或事件联系起来。"

他继续写道："它改变了人们理解现实的方式。从这个角度上说，时间的先后顺序并不是首要的。没有一种形象是孤立存在的。只有从俯瞰时间的角度，从神意的角度，我们才能够理解每个形象的意义。它们等待着自身的真相，成为终将实现、即刻完满的神圣真实的一部分。而真相也不仅仅是将来的，它既存在于彼世，又充斥于上帝眼中的每个瞬间。真相蕴含于时时刻刻——换句话说，以超越时间的方式而存在……"

他思考了一会儿，把上面一段划掉了，觉得有些话并没说清楚。厨房的烧水壶正嗞嗞作响。这时，他听见有人轻轻敲门。他看了看表，下午三点。玛利亚和克莱门应该五点才会回来。

他起身去开了门。来者其貌不扬，他不记得见过他。奇异的是外面下着雪，他的帽子和大衣上却干干净净。一种别样的感觉忽然攫住了他。

"您有何贵干？"

客人摘下帽子，开口说：

"我是和以色列人的孩子在一起的。我到这里来找工作。"

他愣了愣，觉得这话别扭却熟悉，仿佛不久之前刚刚听人说过。他努力回想着，却一无所获。

"这么说，您也是犹太人咯？"他狐疑地问。

"我是犹太人的朋友。"

"您也是流亡者？"

"我是流亡者的朋友。"

"您是什么组织的代表吗？"

"我是个代表。"客人似乎觉得他的用词很有趣，"我代表的也可以算一个组织吧。"

"我对政治不感兴趣。"他想了想，又谨慎地补充道，"雇用我的大学禁止我参与政党。"

"我的组织是与政治无关的。"

来人的措辞还算温和，但是口吻过于随便。他本来十分笃定两人是平素第一回谋面，现在也怀疑起来。他去厨房端来两杯茶，其间试着回想在哪里见过访客的脸，却做不到。

他忽然想起，刚才那句自我介绍的话出自《多俾亚传》。三天前，他还在加拉塔修院的图书馆核实过几个句子。那是一本19世纪印刷的拉丁语圣经，太多的手指摩挲过它，书页边缘都发黑了。

"您是龙卡利大人派来的?"他不由自主地这样问。

客人摇了摇头。他不确定自己听懂了对方的回答：

"安杰洛·龙卡利的工作值得赞许。他的未来自有安排。"

沉默了一会儿，他突然发现，四周的家具都变得模糊不清了。眼下明明是午后，却暗得仿佛入夜。他也说不出发生了什么，头脑中的澄明感却前所未有。

"我是在做梦吗?"他说。

"不，"客人笃定地说，"你在现实里。我们在现实里。按你的话说，在'尘世'里。眼下我们都是尘世中的一个形象。"

"莫非你读过我的研究吗?"

"我不需要读书。"客人说，"我眼里看见的事物和你们的不大一样。现在是1937年。你的《预象》快要写成了。你已经在酝酿着下一本书，尽管对你来说，它还只是一些模糊的片断。对我来说则不是。我所看到的比书的全貌更多。"

他并没感到太震惊。他发现自己渐渐接受了眼前的现实。一种暧昧而强有力的情感从他心底升起。他想，这也许是他血脉里流传的某种信赖感在作祟。就是这种毫无理由的信赖感，让亚伯拉罕在晚年迁出哈兰，背井离乡。

"你找到了我。"他说，"这怎么可能是真的呢?"

"如果亚伯拉罕和维吉尔是真实的，"客人反问，"我和你又为何不可能是真实的呢？"

这话有如猜谜，他却莫名听懂了。

"确实，在写手头这篇文章时，我对何为真实有了一些新的想法。"他字斟句酌地说，"第一个念头可能是在加拉塔修院的图书馆里诞生的。拉丁教父们的作品让我意识到了这个问题。以撒的牺牲预示了基督的牺牲，基督的牺牲成全了以撒的牺牲。可是，以撒不是象征，不是隐喻，以撒就是以撒。他确确实实在迦南生活过，年轻时差一点被父亲杀死，老眼昏花时又被妻儿蒙骗。什么是现实？怎么理解现实？我想说得再多一些。"

"但丁的时代以后，人们就不再轻易相信天国了。"客人若有所思地说，"故事太过久远，就容易被当成遥远的影子。"

那么我们呢？他想，也许我也是什么人的影子。我不知道谁将前来揭示我，完成我，因为我身处在时间之中，只有等待遥远的未来。不过，在超越了一切时间的神的眼中，"未来"又是什么呢——他心里有个声音在问。他不置可否，他知道这是奥古斯丁的问题，是从遥远时刻传来的回响。

"教授，"访客认真地说，"你并不处在任何玩笑里。玩笑是人们眼光受限时想出的字眼。从秉性上，你喜欢庄重多过玩笑。不要怀疑你是真实存在的。你在另一个世界也将作为整个的你存在。"

他平静地听着。他们之间有一种日常寒暄的气氛，任何对话仿佛都是顺理成章的。他没有顶礼膜拜的习惯，"因为我是语文学者，"他对自己解释道，"我只相信人的语言。我熟悉《旧约》人物的行为逻辑。我思索亚伯拉罕的命运比思索我自己的更久。我试图设身处地理解他，他的行事作风最终影响了我。这再自然不过。"

窗外的景象是喧嚣的集市，小贩们在古旧的街巷上兜售蜜饯、挂毯和贝壳。再远处是圆顶和尖塔的轮廓，以及背后曲折恢弘的海岸线。而他眼中所见的却是在内海漂泊的尤利西斯，举行家宴的罗马主妇，在斗兽场迷失自己的神学家，在炼狱中徘徊的但丁，在小酒馆里痛饮的矿工，织长筒袜的主妇。那与其说是一个形象的世界，不如说是一个语言的世界。他记忆中的世界正在他脑中慢慢成形。他将要把已经逝去、坍塌的记忆一经一纬地织成挂毯，那就像一座城市在纸上的投影。那座城市已经分崩离析，踪影难寻，他只是在凭记忆画下它的全貌。他想起童年时在街心公园最喜欢的游戏：用沙子堆城堡。没有城堡是凭空建起的。那是沙子的移动。我们脚下的城墙和尖塔越来越宏伟，它脚下的空洞也就越来越深。

"从没有时间的地方观看，人是什么样子的？伊斯坦布尔是什么样子的？"他小声问。

"用普通的语言很难说清楚。"客人回答，"就像在岸上观看不舍昼夜的川流。"

他看着对方站起身，把帽子拿在手里。

"时间到了，我该走了。"

"您要去哪儿？"

来访者站在门槛上，回头看了他一眼。他不确定最后是否看清了对方的面孔。

"去哈兰，拜访亚伯拉罕。"

门在他背后关上了。

他长出一口气，感到像从散了戏的剧院中走出来似的，既兴奋又疲惫。他端起茶杯，却因杯子滚烫而又马上放下。他好奇地用匙子搅了搅，发现放进去的糖块才刚刚开始融化。

      ·   ·   ·

我所想象的是流亡伊斯坦布尔期间写就了《预象》的埃里希·奥尔巴赫，他正在酝酿他的不朽之书《摹仿论》。就像他为圣经提炼的独特的时空观和历史观一样，他提出：故事并不总是按照时间的线性顺序前进，在上帝这个书写者的眼中，历史遵循着某种更隐秘、更纤巧的秩序。天使在某一时刻造访了他，就像他造访了亚伯拉罕和撒拉、玛利亚和约瑟一样。这些人和事在天使眼中并无虚实先后之分。

注：文中奥尔巴赫笔下的段落多源于《预象》（Figura）一文，初版发表于《罗曼语文学档案》第 22 期，1938 年佛罗伦萨出版。

此地此刻

"你迟到了，妈的，这可不是去游乐场。"

"我有什么办法？你无牵无挂，我可是拖家带口。"

"她睡下了？"

"哪能睡得着呢。"

"你得跟她说清楚，朋友。咱们不一定回得来了。"

"这会儿她眼泪哭干了，可心里明白得很。瞧见这玩意儿了吗？子弹是'小猫'搞来的，这玩意儿可是她拿出来的。是她父亲的遗物。"

"'小猫'不来了？"

"那小子害怕了。"

"回头再跟他算账。"

"回头，等咱们能回头再说吧。"

"把枪给我。"

"为什么？我枪法比你准。"

"你手在抖。你想把事情搞砸吗？"

"起风了，冷。"

"你说话都哆嗦了。"

"我得念点儿什么，就不哆嗦了。"

"行，你念吧。"

"万福玛利亚，你充满圣宠……"

"你还是闭嘴吧。"

"我就是念这个长大的。考试之前念十遍，我就不心跳了。"

"对。跟她求婚之前也念十遍。她才真是个圣女，竟然没跟你说：你干脆剃头，进修道院过日子去吧。"

"我还真这么想过。可现在咱们要去取人性命。"

"'屠夫'也这么想过。可他欠的人命满坑满谷。"

"好吧。那你念点儿什么，你看的书多。"

"随便什么？"

"随便什么。"

"唔，好吧。我想想。'天使加百列在耶路撒冷上空飞行；他放眼世界，人们心灵最隐秘的深处，对他无不洞若观火……'"

"这是什么？"

"《被解放的耶路撒冷》。"

"你喜欢塔索？你从没提过他。"

"说不上来。我读他，只是为了解决心里的一个谜团。"

"一个谜团！我就喜欢谜团。说来听听。"

"我想看看，这是否称得上是一个疯子写的诗。"

"我听说塔索曾经进过疯人院。但那也许只是因为他生性傲慢，行事不拘常理，得罪了别人，被人陷害的。"

"也许吧。实际上，塔索只是我这个谜团的一半。"

"还有另一半？"

"来自一位他的同时代人。"

"谁？"

"蒙田。"

"那个写《随笔》的法国人？蒙田和塔索是同时代人？

他们俩有什么关系？"

"这就是重点。我感兴趣的不是一个时代中单独一个人物的故事，而是看似不相关的人物交织在一起的命运，他们表面上毫无共通之处，以至于大家几乎忘了他们是同时代人。"

"好吧，就算蒙田和塔索是同时代人吧，两个人无论从命运，还是从秉性，甚至从作品上来说，都差得太多啦。"

"这才是有趣的地方。"

"他们如果互不相识，见都没有见过，说这些也太牵强了。"

"你的问题很难回答。可以说他们相识，但是没有见过；也可以说他们见过，但是并不相识。这要看你相信哪种说法。"

"这是什么意思？"

"你知道，蒙田在 1580 年到 1581 年时，曾经到意大利去旅行。1580 年，他途经费拉拉时，塔索正巧被关在费拉拉的疯人院里。蒙田就是在那里见到了塔索。'他萎靡不振，死气沉沉，既不认识自己是谁，也认不出自己的作品。那些作品他虽看在眼里，却不知出自何人之手。'这就是蒙田在随笔中讲述的他遇到塔索的经历。"

"也就是说，这两个人一生只见过一次，其中一个还是疯了的。"

"塔索被关在费拉拉的疯人院是事实，蒙田在那时经过费拉拉也是事实。但是'见过'只能建立在这样一个事实上：蒙田经过费拉拉时，知晓塔索被关在疯人院；他去疯人院拜访了塔索，他见到了塔索。"

"难道不是这样吗?"

"如果我记忆力没出岔子的话,蒙田是在 1582 年的第二版随笔中,才补充了这件事。蒙田在游历意大利时留下了旅行日记。尽管他生前从未公开它,但是它的真实性不容怀疑。他经过费拉拉时,竟只字未提拜访塔索的事。虽然那段时间是蒙田口授,由秘书代笔的,可是这么重要的一次经历,不可能缄口不提。蒙田是一个好奇的人,这样重大的事情,他不可能沉默。再者,他对塔索的描写也流于笼统。有人据此认为,整件事纯属是他的虚构。"

"喂,拿好你的通行证,前面遇上哨卡了。"

"注意你的枪。"

"藏得好好的。"

"放自然一点。我们继续说话。"

"唔,可是蒙田为什么要撒谎,假装自己见到了塔索呢?"

"塔索在随笔里是一个隐而不宣的角色。从某种意义上来说,塔索仿佛是蒙田的反面。尽管如此,他喜爱塔索。就连塔索最不起眼的小诗作他都看过。《被解放的耶路撒冷》刚一出版,他就弄到了一本。他多次在《随笔》中援引塔索的诗。"

"你是想说,由于太着迷于塔索,蒙田就虚构了自己见过塔索,即使是疯狂的塔索?"

"蒙田畏惧疯狂。蒙田愿意做能把握住自己的人。可是,蒙田极其在意塔索。或者说,极其在意塔索的疯狂。"

"你别说蒙田也是假装理智的疯子吧。"

"恰恰相反。在蒙田笔下确实找不到疯狂的痕迹。蒙田十分冷静,他知道自己在写什么,知道自己不要什么。"

"唔，也许这就是蒙田动笔写下《随笔》的动机：把不属于自己的疯狂安插进随笔，他就得到了理智与平静。塔索就是这种疯狂的具现化。"

　　"慢着，你看见他了吗？靠在观礼台边上的那个。"

　　"看见了，高个子的那个。他乔装打扮成什么样，我都能把他认出来。"

　　"等一等，等鼓声一响，我们就行动。"

　　"我们还有时间。你继续讲吧。"

　　"好，这就要说到另一半谜团了。蒙田写随笔的动机，其实他自己交代得很清楚。你也许还记得，在随笔的某个地方，他打了一个画的比喻，把随笔比作在画的四周填补的荒诞不经、奇形怪状的装饰。"

　　"画中央的空白呢？"

　　"画中央的空白就是随笔的中心。蒙田把一个他珍重的名字放在了画中央的空白，一个死去的人。"

　　"我听说过蒙田青年时代的友谊。可惜那份友谊没有持续很久。"

　　"是的。蒙田在论友谊的那一章里，把自己和拉博埃西的友谊写得很清楚了。那些回忆读来富有激情，你很难再从这个人笔下找到如此忘我而神秘的自白了。他说，他们的意志消融在彼此的意志中，'不再有他，不再有我'。如果有机会，两人或许同样也会请霍尔拜画下他们的双人肖像。如果不是拉博埃西早早离世，蒙田根本不会写下随笔。没人再能够听他述说自己，他只好付诸笔端，驱散忧郁。按照蒙田所设想的结构，拉博埃西的诗正巧位于随笔的中心。"

　　"这就应了那个画的中心与画的边缘的比喻。他的友人不再存于这世上，于是他的世界也就永远地缺了那一块儿中心。"

　　"蒙田的世界是由两个人组成的，一个认识他的人——拉博埃西，和一个他认识的人——塔索。蒙田有意让拉博埃西与塔索相距如此之近。别忘了，他刚刚提到塔索，探讨完想象力与疯狂、欢乐与痛苦，就援引了拉博埃西的诗。"

　　"蒙田不停地叙述自我，但唯独中心是空白的。空白的部分就是不再属于他的东西。他把他的忧郁和疯狂置之度外，也就是说，放在中心的空白里。而我们都知道，那一块儿空白是留给死去的友人的。他永不再触碰那里，因为它是留给拉博埃西的。"

　　"以及留给疯狂的。"

　　"也许拉博埃西与疯狂是同一种东西。"

　　"也就是说，蒙田死去的友人就是《被解放的耶路撒冷》的疯狂诗人。拉博埃西就是塔索。"

　　"这可太疯狂了，朋友。"

　　"这事儿搁在我脑子里，不说出来不踏实。我以后也不会再讲了。"

　　"除了我，也不会有人听你这一套的。"

　　"好了，现在我们该行动了。等我喊出那句暗号。"

　　"自由万岁！"

　　"自由万岁！上前一步吧，屠夫！"

阿尔韦诺·阿雷东多

　　阿尔韦诺·阿雷东多一直想在自己的生命中找寻某个迹象。他母亲是个洗衣妇，把他生在堆马铃薯的地窖里。这孩子生得孱弱，佃农的孩子在泥里打滚干架时，他总以既胆怯又妒忌的眼神在一旁观望着。他生来干不好牧马的活儿，但堂口的神父说他有天资，叫他母亲最好送他去城里的神学院。起初没人当回事，直到确定阿尔韦诺·阿雷东多能定期收到从家乡寄来的钱时，镇子上便悄悄传说寄钱的是家里的老爷。

　　阿尔韦诺·阿雷东多在神学院不合群。他唯一喜欢的差事是当图书馆的管理员，从早埋头阅读到午夜。后来的学生与读者们发誓说，他们在某些埃克哈特、圣十字若望、圣狄奥尼修斯的书里发现了他当年夹进去的簿子纸，上面的寥寥数行有某种灵知派、千禧年主义与登山宝训杂糅的调调。有一天，阿尔韦诺·阿雷东多把母亲交给他的象牙柄小刀往阅览室的木桌上一插——谁也说不清这刀的来头，更说不清刀柄的铭文"伸冤在我，我必报应"是什么用意——就头也不回地从神学院出走了。

　　接下来的事谁也说不清楚。有人说贴在乡公所里的通缉令上有他，但那张脸凶狠阴戾，不像是温驯神学生的脸。有些跟他打过交道的马贩子描述了他的模样：他右脸有道斜斜的刀疤，从眉梢延伸到浓密的鬓角；敞胸露怀，项链上挂着枚古罗马式样的银币；随身带着本撕破的诗篇集，里面夹着朵素馨花。这些古怪符号暗示着他短暂凶险的一生中究竟有怎样的过节与情愫，没人说得清。后来，人们以为新绞死的那批武装分子里有他——有个死囚虽皮开肉绽、面目模糊，贴心口的内袋里却装着那枚银币——但过了一个礼拜，山那边就传来他组建新游击队的消息。所有镇子的母亲都在洗衣服时吓唬自己在泥里打架的孩子，说再胡闹就叫阿尔韦诺·阿雷东多割掉你的耳朵。

没人知晓阿尔韦诺·阿雷东多的最后结局。有人说他独断残忍，滥施私刑，落得被两个寻仇的学生枪杀。有人说他卷了所有干净与不干净的钱，像最初那样远走高飞了。有人说济贫院里那个截了肢的白痴是他。他塞在神学院图书馆里的某张簿子纸或许影响了现实世界，上面的寓言说：一名十恶不赦之徒倚在某个门槛旁边半死不活，这时他在对面半敞的窗子里看到了自己出生的奥秘，于是他翻窗进去，终结了罪恶的链条。

据说教会济贫院墓地椴树下那个墓碑是他的。每年圣周四，都会有来路不明的鲜花摆放在墓石上。

几不可见的抖颤之球

　　伪大公会议（pseudo-council）的历史与大公会议的历史并驾齐驱，正如伪经与正典互为两面。托名狄奥尼修斯比真正的狄奥尼修斯更深远地影响了现实。真奥古斯丁淹没在托名奥古斯丁的浩繁卷帙中。当真正的奥古斯丁翻开米涅的《拉丁教父集》，不知会从那厚厚的几大册对开本中认出多少自己的手笔。

　　伪科隆大公会议最早的记录保存于比利时皇家图书馆的手抄本部，编号 495–505，第 217–218 页。另有一部手稿保存在卢森堡神学院图书馆，编号 264，第 35–37 页。第一版抄本将这次会议标注为公元 346 年，另一版抄本则记为 343 年。根据学者的鉴定，这两部手稿都来自公元 10 世纪。最早对科隆大公会议的评注来自尼古拉·克腊贝神父编纂的《历次大公会议记录》，1536 年日内瓦出版，第一卷第 1285 栏。作者对所使用的手稿来源语焉不详，但就其收录的原文来看，不是以上任何一个版本。

　　依照流传下来的文字，举行于 343 年或者 346 年的科隆大公会议和任何大公会议风格并无二致。它一方面塑造了若干正直而雄辩的人物形象，另一方面塑造了若干狡猾而愚蠢的人物形象。前者的胜利简直是必然的。斯特拉斯堡的主教阿蒙德似乎属于前一类，科隆的主教厄弗拉塔似乎属于后一类。阿蒙德在会上痛斥了厄弗拉塔，因为后者否认了基督的神性。这是典型的两类人物和典型的一类斗争，尽管从文学类型的角度来看，把别人的名字换上去也无妨，因为除了名字，他们不具备任何翔实的描写。这是大公会议史上为数不多的几次展现古高卢历史人物的机会。格朗迪迪埃神父的《斯特拉斯堡教会史》（1776 年）参考克腊贝的引文，将阿蒙德奉为本城第一位主教。今天的人们在斯特拉斯堡大教堂里还能看到圣徒阿蒙德的塑像，他长出了人们想象出来的胡子，长出了人们想象出来的手，脚下的一个象牙匣子里装着据说是他的一截手指骨。

许多年来，许多学者将这次会议的真实性肯定又推翻，推翻又肯定。怀疑派的理由是，在转年的撒底迦大公会议上，厄弗拉塔主教又再次以正统代表的身份出席论辩，并与其他几位主教一起请求皇帝君士坦斯收回亚里乌斯派一手造成的对大神学家阿塔纳修的放逐。这是阿塔纳修本人亲自坐实了的。这便使得前一年的科隆记录变得可疑。有人认为科隆先后有两位叫厄弗拉塔的主教，还有人认为科隆会议其实发生在撒底迦会议之后（参见《学者报》1777年 7 月号，第 472 页起）。1902 年，G. 蒙尚教授在《布鲁塞尔王家科学院文学简报》上发表了论文《科隆大公会议是真的吗?》，为科隆大公会议的真实性辩护。他的理由是：会议记录了 20 位与会高卢主教的名字，都在撒底迦的会议记录上有据可查，伪托者断不可能凭空编造真人的名字。1925 年巴黎大学的一篇博士论文则指出，科隆的会议记录在文体风格、用词习惯与神学思维上就与 4 世纪的作品不相匹配，倒是和加洛林王朝早期的文体更为接近。事件可以伪造，语言风格却没那么容易模仿。至于接近史实的与会者名单，也很好解释，造假者要做的只是剽窃相隔不久的撒底迦大公会议的名单。

1935 年，加泰罗尼亚的一个出版社印行了一本小册子，作者使用了化名，其人现已不可考。书名借用了《罗马帝国衰亡史》中最为费解的一个比喻：

"几不可见的'正统'之球身处于安全的领域，它颤抖着，一旦越界，就会被四面埋伏的异端和魔鬼一口吞噬。"

作者提出，最初克腊贝神父着手编纂大公会议的历史，自是为了影射当时混乱的局面。克腊贝也大可以声称，参考的手稿来自某某修道院图书馆的珍贵馆藏，然而研究付梓之际，修道院已被改革分子洗劫一空，羊皮纸卷被村民捡去，缝成了帽子和马甲的衬里——有一段时间，人们把三位一体的学说穿在身上，拿罗列圣子神性的句子挡雨。

小册子还说，科隆大公会议的伪造者一心想要毁掉厄弗拉塔主教的名声，不是因为和死了几百年的古人有深仇大怨，而是为了抬高自己城市的名声。他发现，斯特拉斯堡的阿蒙德的存在成谜，科隆的厄弗拉塔却是真的。对付真人也有办法，只要让他颤抖的球越过边界，被一口吞噬即可。想出这种办法的人，也许就是托名奥古斯丁、托名狄奥尼修斯、《彼拉多福音》《彼得启示录》的读者。也许他也正深陷于类似的斗争中，尽管如此，他头脑中有关真实与虚假的概念无疑与我们的大相径庭。总的看来，他成功了，因为圣阿蒙德主教的雕像就矗立在那儿。有了圣人就有了圣遗骨（任谁都拿得出来），有了圣遗骨就有了香客，有了香客就有了源源不断的钱。这样就可以建造更多的教堂，供奉更多的圣人。他的伪造之作被人传抄下来，还被后代印刷发行。只要被人阅读,谁敢肯定,字里行间的那个世界就一定是虚假的?于是,在不为人知的地方,就有了一次次从未召开过的会议,一些从未存在过的神学家将另一些从未存在过的神学家施以绝罚。

这本小册子是用法语写的,发行了二百本,始终没有得到学界的注意。时局屡次动荡,时过境迁,出版社早已不复存在。

图书在版编目（CIP）数据

佛兰德镜子 / dome 著 . -- 成都：四川文艺出版社，
2019.9（2020.3 重印）

ISBN 978-7-5411-5447-8

Ⅰ.①佛… Ⅱ.① d… Ⅲ.①长篇小说－中国－当代

Ⅳ.① I247.5

中国版本图书馆 CIP 数据核字 (2019) 第 141693 号

本书中文简体版权归属于银杏树下（北京）图书有限责任公司，
并由其授权出版。

FOLANDE JINGZI

佛兰德镜子

dome　著

选题策划	后浪出版公司
出版统筹	吴兴元
编辑统筹	朱　岳　梅天明
责任编辑	王梓画　燕啸波
特约编辑	朱　岳　孙皖豫
营销推广	ONEBOOK
装帧制造	墨白空间·黄　海
责任校对	汪　平

出版发行	四川文艺出版社（成都市槐树街 2 号）
网　　址	www.scwys.com
电　　话	028-86259287（发行部）　028-86259303（编辑部）
传　　真	028-86259306

邮购地址	成都市槐树街 2 号四川文艺出版社邮购部　610031
印　　刷	北京盛通印刷股份有限公司
成品尺寸	130mm×210mm　　开　本　32 开
印　　张	5.25　　　　　　　字　数　114 千字
版　　次	2019 年 9 月第一版　　印　次　2020 年 3 月第三次印刷
书　　号	ISBN 978-7-5411-5447-8
定　　价	48.00 元